Helena Pachs

Der Nagel

Jegliche Ähnlichkeiten mit lebenden oder verstorbenen Personen und Orten sind nicht beabsichtigt und rein zufällig.

Helena Pachs

Der Nagel

Ein Kriminalbericht
aus Württemberg

Bibliografische Information der Deutschen Nationalbibliothek: Die Deutsche Nationalbibliothek verzeichnet diese Publikation in der Deutschen Nationalbibliografie; detaillierte bibliografische Daten sind im Internet über http://dnb.d-nb.de abrufbar.

Helena Pachs: Der Nagel. 2021.

Herstellung und Verlag:
BoD - Books on Demand, Norderstedt
ISBN 978-3-7534-2548-1

Der polnischen Gräfin

Im Frühjahr 1473 begab sich der Bischof von Konstanz auf eine Reise nach Württemberg, wo er eine Kirche weihen und einen Grafen mit einer Lehnsherrntochter verheiraten wollte. Er führte eine Reliquie mit sich, die im Konstanzer Münster seit Jahrzehnten verehrt wurde. Bis zu diesem Tag hatte sie auf einem samtenen Kissen in einem mit Juwelen besetzten Behälter geruht, in einer schweren Truhe mit reich verzierten schmiedeeisernen Beschlägen, die nur an den höchsten Festtagen im Jahr geöffnet wurde. Es war einer der drei Nägel, von denen man sagte, dass mit ihnen Jesus, der Messias, in Jerusalem ans Kreuz geschlagen worden sei und dass er Wunderkräfte habe. Vieles von dem, was damals in Jerusalem geschah, ist bis heute ungeklärt und in den Tiefen und Weiten der orientalischen Geschichte versunken, die so eng mit jener Europas verflochten ist, dass sie bis heute in den Süden Deutschlands hineinwirkt. Und so war auch der Bischof freilich nicht in vollem Umfang über jene Geschehnisse, damals in Jerusalem, im Bilde. Er wusste zwar, dass Papst Urban II. 1095 in Clermont auf das Hilfeersuchen des byzantinischen Kaisers zum Heiligen Krieg aufgerufen hatte, um Jerusalem von den türkischen Seldschuken zu befreien. Aber er wusste zum Beispiel nicht vom Tod der Geschwisterkinder Jamaal und Angela, die am Tag des Einfalls der lothringischen, französischen und normannischen Kreuzritter 1099 in der Heiligen Stadt in der Nähe der Grabeskirche von diesen überrascht wurden und dem Gemetzel zum Opfer fielen. Ebenso wenig wusste er, dass sie mit in einer Silbertruhe aufbewahrten Holzsplittern und einem großen Eisennagel gespielt hatten, die später als Reliquien aus dem Heiligen Kreuz von den Bischöfen und Rittern mit nach Europa genommen wurden. Im Vergessen versunken war auch die Liebe zwischen der klugen Jasmina, einer Tochter des osmanischen Sultans Saladin, knapp zweihundert Jahre später, und dem im Kampf erschlagenen edlen Ritter von Cornwall im Gefolge des späteren englischen Königs Richard Löwenherz, der in einem weiteren Kreuzzug vergeblich versuchte, Jerusalem aus den Händen des islamischen Reiches zu befreien. Der Bischof wusste auch nicht, dass jener Ritter den Eisennagel wenige Wochen zuvor in Britannien einem englischen Edelmann im Tausch gegen eine Grafschaft abgehandelt und fern der Heimat seiner Liebe geschenkt hatte, zu ihrem Schutz, dem Schutz durch einen Nagel, von dem es hieß, dass mit ihm Jesus, der Messias, ans Kreuz geschlagen worden sei, und den die nach dessen Tod an gebrochenem Herzen zugrunde gegangene Jasmina beim Abzug der Kreuzritter einem der

8

Bischöfe überließ, damit dieser den Nagel zu Cornwalls Ehren in einer Kathedrale Britanniens als Mahnung für den Frieden zwischen den Christen und dem Islam aufbewahre.

Alle weiteren Ereignisse aber galten damals als überliefert und vom christlichen Adel als rechtmäßig bestätigt. Dazu gehörte, dass der Nagel auf seinem Weg von Jerusalem nach England Blinde und Lahme geheilt und mit einem Lichtwunder seine Echtheit bestätigt haben soll. Danach war er zunächst über hundert Jahre lang in der Kathedrale Londons verehrt worden, wo man ihn in einen prächtigen, mit Juwelen und Email besetzten Reliquienbehälter legte, von wo aus er während des Hundertjährigen Krieges mit Heinrich V. nach Frankreich gelangte, der die Reliquie in einer geheimen Zeremonie im Beisein des Bischofs aus der Kathedrale entfernt hatte, damit sie ihn und sein Heer schützen sollte. Angesichts der katastrophalen Niederlage, die der englische König den Franzosen in der Schlacht von Azincourt im Jahr 1415 beibrachte, sah er sich in seinem Tun bestätigt und trug den Nagel fortan in allen Schlachten bei sich. Er war sich der Wirkung der Reliquie in ihrem kostbaren Behälter so sicher, dass er einige Jahre später infolge des Todes seines Bruders und der Niederlage in einer gemeinsamen Schlacht vor Gram und Enttäuschung in der Nähe von Paris starb. Der Nagel aber wurde von den französischen Truppen nach Notre Dame gebracht, von wo ihn der Bischof von Paris im Jahr 1431 auf das Konzil nach Basel mitnahm, um den damaligen Papst zu beeindrucken und zu erreichen, dass dieser die mehrheitlichen Forderungen der Bischöfe nach Reformen so umsetzte, wie es dessen kurz davor verstorbene Vorgänger geplant hatte. Zu diesen gehörten unter anderem die Ausweitung ihrer Entscheidungsmacht auf den Konzilen und die Aufhebung des Zölibats.

Der außerordentlichen Kosten dieses mehrjährigen Konzils wegen beschloss der Bischof, einige kleine Splitter von dem Nagel abtrennen und in Reliquienbehälter legen zu lassen, um sie auf seiner Reise zu Geld zu machen oder in Gold einzutauschen. Zu dieser Zeit war das nichts Ungewöhnliches, wurden damals doch hunderte von Holzsplittern vom Kreuz Christi in den europäischen Gotteshäusern verehrt. Weil er jenseits des Rheins aufgrund der stärkeren Loslösung des Adels von der Zentralgewalt der Könige und Kaiser bessere Geschäfte erwartete, überquerte er den Rhein bei Straßburg. Die Nachricht von dem reichen Bischofstross und dem Nagel verbreitete sich dort schnell, und als er auf der Höhe von

Freiburg von einem wegen andernorts ausgefallener Soldzahlungen vandalierenden Söldnerheer überfallen wurde, ging er seiner gesamten Einkünfte verlustig, einschließlich der Nagelreliquie. In der Kurie erzählte man sich, der Nagel hätte sich gegen den Bischof gerichtet, weil sich dieser an ihm vergriffen hätte.

Doch auch der Raub der Söldner blieb nicht ungestraft, von denen die meisten wenige Tage später in diesem heißen Sommer an der Ruhr erkrankten. Als der Bischof von Konstanz ihnen glaubhaft machen konnte, dass es der Nagel sei, der ihre Sünde bestrafe, gaben sie ihn schließlich heraus. Der Bischof wiederum kam mit seinem französischen Amtskollegen überein, dass der Nagel gegen eine Pfründeübertragung am rechtsseitigen Rheinufer und einer hohen Geldsumme in Konstanz bleiben solle.

Unter normalen Umständen hätte sich der Bischof von Konstanz im Jahr 1473 sicher nicht auf diese Reise begeben. Aber der Graf von Württemberg, der 1495 auf dem Reichstag zu Worms von Kaiser Maximilian I. mit der Herzogswürde belehnt und für seine Aussage berühmt werden sollte, er könnte „im Schoße eines jeden meiner Untertanen sicher ruhen und schlafen", der die Tochter eines in der südlichen Mitte Deutschlands ansässigen Schloss- und Lehnsherrn ehelichen wollte, die deshalb nicht in die Geschichte eingegangen ist, weil die Ehe wegen der schwindsüchtigen Prinzessin nur ein halbes Jahr währte, besaß familiäre Verbindungen zum französischen Herrscherhaus, weshalb ein Herzog der Pate des Grafen war und damit ein hoher Gast, der die Hochzeitsgesellschaft zu einem erlauchten Kreis und die Feierlichkeiten zu einem großen Ereignis im Bistum machen würde. Zudem hatten ihn die Mönche des dortigen Klosterordens gebeten, im Zuge der Trauung auch ihre Marienkirche zu weihen, die bereits seit einigen Jahren die alte hölzerne ersetzte, mit gemauerten Türmen und einer schweren Glocke, zum Lobe Gottes, zur Buße und als Opfergabe nach den verheerenden Folgen der Pest, sieh', Herr, wir Menschen haben uns gebessert, dein Zorn war gerechtfertigt, aber wenn du uns ausrottest, werden wir deine Gnade nicht mehr feiern können. Und so kam es dem Bischof vernünftig vor, die Vertiefung seiner diplomatischen Beziehungen ins Nachbarterritorium mit einer Kirchweihe zu verknüpfen und bei dieser Gelegenheit auch nach seinen Untertanen im äußersten Zipfel seines Bistums zu sehen. Als die Vorhut seine Exzellenz am Schloss ankündigte, war dort für einen festlichen

12

Empfang alles vorbereitet, um ihm zu Ehren gemeinsam mit dem Grafen eine große Tafel zu bereiten. Doch es sollte anders kommen.

Denn als der gräfliche Tross in dem württembergischen Schloss eintraf, lag der bischöfliche Fürst erkrankt darnieder und ließ verkünden, man solle auf seine Genesung in den kommenden Tagen warten. Diese jedoch stellte sich nicht ein, sein Zustand verschlechterte sich, weshalb die Mönche ihre Heiler vom Klosterspital anforderten. Wichtige Amtsgeschäfte riefen den französischen Herzog bald darauf in seine Heimat zurück. Also hielt man die Hochzeit ohne den Bischof ab, dessen Zustand sich trotz der nunmehr fachkundigen Pflege partout nicht verbessern wollte. Täglich hielten die Mönche Fürbitten in der Kirche ab, täglich ließ er sich auf einem Stuhl dorthin tragen, unter den man zwei Eisenstangen band, damit jeder der vier Enden von einem seiner Diener geschultert werden konnte. Später erzählte man sich, dass der Herzog diese Prozedur mehrfach beobachtet haben soll und dass dessen Landsleute auf Grundlage seiner Berichte die berühmte Portechaise erfanden. In der Kirche trug der Bischof seine Gebete der Heiligen Jungfrau Maria vor, zunehmend auch sein Flehen, der lieben Gottesmutter, die ihn, den Diener ihres Herrn, doch erhören müsse. Den Reliquienbehälter mit dem Nagel hatte man zwischenzeitlich auf einem samtenen Kissen auf einen Tisch gelegt, der stets neben dem Haupt des Kranken lag und täglich für einen Kuss an den Mund des Fürsten geführt wurde. Doch nichts half. Und als das frisch vermählte Paar längst abgereist war, lag der Bischof immer noch mit hohem Fieber und eingefallenen Wangen schwer atmend im Bett, die Mönche wussten keinen Rat mehr, ihre Gebete schienen kein Gehör zu finden, ihre Heilkunst keinen Erfolg zu zeitigen. Die einzige Heilkundige, die man noch hätte aufsuchen können, war die Hebamme vom Nachbardorf, die zwar für ihre Genesungserfolge bekannt war, von den Mönchen aber gemieden wurde, weil sie eine Frau und als solche ohnehin weniger vollkommen war und außerdem im Verdacht stand, eine Giftmischerin zu sein.

In der darauffolgenden Nacht läutete ein Mönch angesichts heller Blitze am Himmel wie immer die große Wetterglocke der Marienkirche, um die Geister zu vertreiben und mit ihnen das schwere Gewitter, das über Schloss und Dorf erwartet wurde. Doch statt des Gewitters bebte mitten in der Nacht die Erde, und der todkranke Bischof fuhr auf, hielt den Nagel vom Kreuz Christi in beiden Fäusten gen Himmel und

14

sprach mit letzter Kraft: „Ich schwöre bei der Heiligen Maria, Patronin unseres Bistums und bei unserem Herrn Jesus Christus, dass ich nie wieder sündigen werde. Als Zeichen meiner Reue soll dieser Nagel in der Marienkirche bleiben, wenn du mich erlöst, oh mein Gott." Die umstehenden Mönche betrachteten ihren Fürsten entsetzt, während dieser in sich zusammensackte und wie tot liegen blieb. Das Gebet um Erlösung hatten sie als Bitte um einen gnädigen Tod gedeutet, der sich offenbar in dieser Sekunde erfüllt hatte. Doch als sie seinen Puls fühlten, ging dieser schwach. Und so hielten sie auch in dieser Nacht Wache, wie in all den vergangenen Wochen und beteten und raunten, von welchen Sünden ihr Hochwürdigster Herr wohl gesprochen haben könnte. Denn nicht nur der Kämmerer wusste, dass die Bischöfe und ihre Vasallen es mit der Moral nicht immer so genau nahmen und so mancher nicht nur dem Wein, sondern auch dem anderen – oder auch dem eigenen – Geschlecht in ausschweifenden Gelagen zusprach, für die entweder die Einnahmen aus dem Ablasshandel oder die Abgaben der Bauern und Handwerker erhöht wurden, die ohnehin harte Arbeit für ihn leisteten. Und bei diesem Bischof kam noch der nervenaufreibende und kostenintensive Streit hinzu, den er gerade hinter sich hatte, in den halb Südeuropa einbezogen war, weil eigentlich nicht er, sondern auf Geheiß des Papstes der Pfarrer von Ehningen Bischof hätte werden sollen. Schließlich ergaben die Nachforschungen der Mönche, dass der Bischof die Reise nicht nur dazu genutzt hatte, um seinen mit einem grässlichen Teufel verzierten Ablasskasten bis an den Rand zu füllen, sondern auch, um zehn vollständige Replikate des Nagels samt einfachem Reliquienbehälter als das Original zu verkaufen.

Am nächsten Morgen brachte der gottesfürchtigste der Mönche, ein sehr gebildeter und gelehrter Mann von adeliger Abstammung, dem mittlerweile im Kampf mit dem Teufel halluzinierenden Bischof die Hebamme ans Bett, die er in einer alten Kutte als Wandermönch getarnt in das Schloss hineingeschmuggelt hatte. Unter einem Vorwand ließ er das Zimmer räumen, und als sich die Hebamme den Bischof ansah, erkannte sie ein Krankheitsbild, das sie schon einmal an einem Patienten gesehen und geheilt hatte, allerdings in einem wesentlich früheren Stadium. Sie unterwies den Mönch im Sammeln bestimmter Kräuter, im Bereiten und Verabreichen von Tinkturen und Tees, im Einreiben und im Behandeln der Ekzeme, die den gesamten Körper des Bischofs überzogen. Ein paar Tage, nachdem die Hebamme das Schloss verlassen und der Mönch mit seinen Ordensbrüdern die Behandlung sorgfältig nach ihren Vorgaben vollzogen hatte, fiel der Bischof während der Gebete der Mönche in einen tiefen Schlaf, aus dem er nach zwei Tagen und Nächten erwachte. Als er sich im Bett aufrichtete, war sein Blick klar, seine Haut rosig und sein Atem ging tief und ruhig, was einen Seufzer der Erleichterung im Schloss und im Kloster zur Folge hatte. Eine seiner ersten Amtshandlungen war die Anfertigung einer Bulle, die im Bistum verlesen werden sollte, nebst einer Nachricht an den Papst, in der die Wundertätigkeit des Nagels bestätigt und dessen Aufbewahrung in der Marienkirche verkündet wurde, damit die Reliquie Kranken und Gebrechlichen, aber auch Pilgern, Gelehrten und frommen Glaubensbrüdern aus ganz Südeuropa ein Ort der göttlichen Gegenwart sein möge. Die Mönche waren sich darüber einig, dass nicht nur die Gesundheit seiner Exzellenz, sondern auch sein Charakter von den Wunderkräften des Nagels berührt worden war. Und bereits wenige Tage nach seiner Heilung, die der Bischof fastend und betend zugebracht hatte, begann eine feierliche Prozession vor den Augen einer großen Menschenmenge vom Schloss zu der einen kurzen Fußweg entfernten Kirche, die im Namen ihrer Schutzpatro-

nin, der Jungfrau Maria geweiht werden sollte. Es
war der Tag der Sonnwende, die Luft war warm
und roch nach frischem Heu und Kuhmist. Nicht
nur die Dorfbewohner waren gekommen, die
Bauern und Handwerker, die Mägde und Knech-
te, die Mönche und Brüder aus dem Klosteror-
den, die Ritter und Knappen der umliegenden
Güter, sondern auch der Ministeriale, die Bürger,
Kaufleute und begüterten Bauern der einige Ki-
lometer flussabwärts gelegenen Handelsstadt, die
die Kunde von dem wundertätigen Nagel erreicht
hatte.

Wenige Meter vor der Haupttreppe des
Kirchenportals kam es jedoch zu einem
Zwischenfall. Zwei in Lumpen und Ka-
puzen gehüllte Bettler gesellten sich zur Prozession. Einer hatte ein steifes Bein, so dass er sich
nur mit einem Stock fortbewegen konnte, der andere trug eine schmutzige Binde, die beide Augen
verschloss. An seiner rechten Hand klaffte ein
merkwürdiges Geschwür, das ein ungeübter Blick
als beginnende Lepra identifizieren mochte. Er
tastete mit einem dürren Ast den vor ihm liegen-
den Boden ab und stocherte mit seiner Rechten in
der Luft herum, so dass das Volk Platz für die
beiden machte. Plötzlich warf sich der Gelähmte
flehend vor die Füße des Bischofs. Und als er

dessen Schuhe küsste, wurde er plötzlich von Krämpfen befallen und wälzte sich in spastischen Zuckungen auf dem trockenen Boden, dass es nur so staubte, während Schaum vor seinen Mund trat. Neugierig umringten die Umstehenden das Geschehen, sofort eilten die Wachen dem Bischof zu Hilfe, um den Bettler wegzuziehen. Doch der Bischof gab ihnen ein Handzeichen, so dass sie innehielten. Dann nahm er den Nagel in beide Hände und hielt ihn dem Kranken über die Stirn und befahl dem Teufel, aus dessen Mund herauszufahren, der mittlerweile weit aufgerissen war, genauso wie die verdrehten Augen, in denen nur noch das Weiße zu sehen war. In der atemlosen Stille folgten Bischofstross, die Mönche, das Volk der nunmehr faszinierenden Tatsache, dass sich der Bettler nach kurzer Zeit sichtbar erholte, aufstand, die Hände des in Gottesfurcht erstarrten Bischofs umschloss und die Reliquie küsste. Dann wand er sie ihm mit flinken Fingern aus den Händen, wobei sie sich mit einer ihrer Goldkanten in dem Siegelring des Gottesmannes verfing und zu Boden fiel. Ebenso flink hob der Bettler sie auf und rannte, ein schäumendes Stückchen Kernseife ausspuckend, zwischen der wie vom Donner gerührten Menge hindurch in die Gassen hinter der kirchlichen Wehrmauer, wo sein mittlerweile von der Augenbinde und der selbst gefertigten Rindertalggeschwulst befreiter Komplize mit zwei ungesattelten Pferden auf ihn wartete. Und während die beiden irrwitzigen Räuber im Galopp das Weite suchten, verloren die beiden Ritter, die den Bischof begleiteten, wertvolle Minuten, weil sie erst ihre Pferde satteln lassen mussten, bevor sie die Verfolgung aufnehmen konnten. Und wenige Minuten darauf erinnerten nur noch ein Saphir und eine winzige Raute aus grünem Email auf dem Boden vor den Füßen des Bischofs an den Nagel. Sie waren aus dem Reliquienbehälter herausgebrochen.

Da es nicht viele und vor allem keine größeren Dörfer in Richtung Westen gab, wohin die Räuber geflüchtet waren, kamen die bischöflichen Panzerreiter schnell voran. Erst in der flussabwärts gelegenen Handelsstadt, zu der eine Burg, eine Lateinschule und eine Glockengießerei gehörten, mussten sie einen längeren Halt machen, um die Höfe und Ställe zu inspizieren. Doch niemand hatte zwei flüchtende Männer auf Pferden gesehen, drahtig und flink, nachgerade akrobatisch, wie sie sich auf die Pferderücken geschwungen hatten, offenbar ohne größere Waffen, ohne Kettenhemd, ein wahnwitziges Unterfangen in diesen gefährlichen Zeiten – es sei denn, man hatte einen mächtigen Auftraggeber im

Rücken, der einem sicheren Unterschlupf gewähren konnte und gut bezahlte. Also durchsuchten sie jeden Winkel in jedem Hof und jedem Haus, in jeder Werkstatt und mit misstrauischer Sorgfalt die Karren der Bader und Gaukler, denn es war Jahrmarkt und viel Betrieb in der Stadt, und waren es nicht sie, die als besonders erfindungsreich und flink mit den Fingern galten? Sie befragten auch den Glockengießer, der eine besondere Verbindung zur Marienkirche besaß, da er Mitglied der Bauhütte war und vor zwanzig Jahren dort die große Betglocke gegossen hatte. Doch obwohl sie mehrere Tage und Nächte blieben, als Gesandte des Bischofs sogar auf der Burg Einlass bekamen, wo man ihnen für die Suche noch weitere Männer zur Seite stellte, konnten sie die Räuber nicht finden und mussten ihre Suche nach einer Woche abbrechen.

Und so sollten sie niemals erfahren, dass die beiden Flüchtigen zwei fromme Mönche aus dem fernen Britannien waren, die den Nagel auf Geheiß des Bischofs von London zurückbringen sollten. Diesem nämlich war eine der Fälschungen in die Hände geraten, die ein Edelmann auf dem Rückweg seiner Reise nach Santiago de Compostella von des Konstanzer Bischofs Vasallen gegen eine erkleckliche Summe Geldes erstanden hatte. Der Kirchenobere hatte das Replikat anhand des Vergleiches des Reliquienbehälters mit dem echten auf einem Gemälde als solches identifizieren können und hatte es sich, voll des Zorns, zur Aufgabe gemacht, den gottlosen Deutschen des Originals zu entledigen, bevor dieser noch mehr Schindluder triebe.

Die Mönche aus Britannien aber hatten sich tatsächlich vor wenigen Wochen den Gauklern angeschlossen und waren mit ihnen in die Stadt gereist und hatten sich später von ihnen die beiden Pferde ausgeliehen. Auf ihrer Flucht dann hatten sie die Tiere hinter den Stadtmauern laufen lassen, die alleine den Weg zu ihren Besitzern zurück fanden. Sie selbst aber bezogen ihr Quartier bei dem Glockengießer, dessen Frau Jakoba nach einer späten Zwillingsgeburt von zwei Mädchen im Kindbettfieber lag, den sie ins Vertrauen gezogen und dem sie gegen Unterschlupf und Verschwiegenheit versprochen hatten, dass seine Frau den wundertätigen Nagel berühren dürfe. Für den Gießer war es ein enormes Risiko. Sollte das Unterfangen misslingen, war das sein sicherer Tod und der Untergang nicht nur seiner Familie, sondern auch der hiesigen Glockengießerei, weil das Wissen um die Legierungen, die Herstellungs- und Bearbeitungsverfahren der Glocken, das Berechnen der Rippen, die Zeichnungen streng geheim waren und nur von Generation zu Generation weitergegeben wurden, und vermutlich würde man auch seinen Bruder strafen, der in der direkten Nachbarschaft seine Schmiedewerkstatt betrieb und von all dem nichts ahnte. Der Gießer, der seine Frau über alles liebte, ging das Risiko ein. Bereits Tage zuvor hatte er deshalb die beiden Mönche neben seinen anderen Gesellen für sich arbeiten lassen, stammten sie doch aus einem Orden, der in Frankreich zu dieser Zeit das Glockengießen noch selbst unternahm und nicht, wie es später üblich war, eine stadtbürgerliche Handwerksfamilie. Mit ihrer Handwerkskunst, in Lederschürze, Kappe und schmutzigem Gesicht waren sie für die Gefolgsleute des Bischofs von den anderen Gehilfen nicht zu unterscheiden. Und nachdem die Gemahlin des Glockengießers bereits wenige Tage nach der Berührung der Reliquie wieder wohlauf war, verabschiedeten sie sich, um mit dem wertvollen Schatz im Gepäck auf ihrem Karren, der von einem schweren Kaltblut gezogen wurde, in die Heimat zurückzukehren. Als ihr Bischof den Behälter nebst darin liegendem Nagel untersuchte, konnte er diesen endlich wieder beruhigt seinem ursprünglichen Bestimmungsort zuführen, der Kathedrale von London. Der Glockengießer aber ließ aus Dankbarkeit für die Heilung seiner Ehefrau und zur Buße für seine Mitwisserschaft von seinem Bruder, dem Schmied, einen neuen Schwengel für die große Betglocke der Marienkirche anfertigen, von dem er aufgrund von dessen besonders glatter Oberfläche, seiner etwas abgewandelten Form und Legierung einen besonders schönen, klaren Klang erwarten durfte, ein Versuch, der diesem bereits bei einer kleineren Glocke für die Kirche innerhalb der eigenen Stadtmauern gelungen war. Und was erst spätere Gießer- und Schmiedegenerationen wussten war, dass gerade diese Klöppelform der Haltbarkeit der großen Wetterglocke besonders zuträglich war, weil sie nicht nur einen brillanteren Klang erzeugte, sondern durch die niedrigere Läutehöhe und einen etwas weicheren Stahl auch besonders materialschonend auf den Schlagring der Glocke auftraf.

In der Zwischenzeit hatte der Bischof in der Marienkirche den Saphir und die grüne Emailraute auf das Samtkissen legen lassen und täglich eine Messe gelesen, in der er darum bat, dass Gott ihm den Nagel zurückbringen möge. Die übrige Zeit verbrachte er betend und fastend in einem Büßergewand, war er sich doch sicher, dass der Raub noch die Auswirkung seiner früheren sündigen Lebensweise war. Am Ende der Woche, kurz bevor die Ritter unverrichteter Dinge zurückkehrten, konnte er bis spät kein Auge zutun und begab sich des Nachts, nur von einem seiner Diener begleitet, in die Kirche zum Gebet. Der Himmel war klar, und direkt über dem Glockenturm stand voll und rund der bleiche Mond und tauchte das stille Dorf in sein kaltes Licht. In der Kirche legte sich der Bischof vor den Altar mit dem Gesicht auf den Boden und betete Stunde um Stunde, bis er in eine Art Trance fiel; das zumindest berichtete später der Diener, der seinen Herrn die ganze Zeit über mit sorgenvollem Blick bewachte. Kurze Zeit nach dem Verklingen des fünften Schlags der Turmuhr am frühen Morgen soll sich der Bischof erhoben haben und mit verzücktem Blick Zeuge davon geworden sein, wie der erste Sonnenstrahl, der durch das Seitenfenster fiel, das die Kreuzigungsgruppe zeigte, auf dem Gesicht der kleinen Christusstatue auf dem Altar ein Lächeln erzeugte. Der Bischof habe daraufhin etwas auf Lateinisch gemurmelt und dann gerufen: „Dominus non derelinquet Dominus populum", was so viel heißt wie: Der Herr verlässt die Seinen nicht. Nach der Morgenandacht verkündete er den Mönchen, dass man ihm gesagt habe, der Nagel werde eines Tages auf Gottes unergründlichen Wegen zurückkehren und man solle die Kirchweihe vorbereiten. Und als am nächsten Tag der Glockengießer und der Schmied eintrafen und ihm den neuen Schwengel übergaben, welcher der großen Wetterglocke zum Lobe Gottes einen noch reineren, nachgerade engelsgleichen Klang entlocken sollte, wusste er, dass auch diese der Herr geschickt hatte. Freilich wäre es eigentlich noch nicht Zeit gewesen, den Schwengel auszutauschen, hatten die Mönche eingewandt; oft hielten diese fünfzig Jahre und länger. Doch das Wort des Bischofs galt, und so wurden die Schwengel ausgetauscht und die Kirche bald darauf in einem zweitägigen Festakt geweiht, von dem sich auch die Zugereisten noch Jahre später erzählten und denen vor allem der außergewöhnlich schöne Klang der großen Glocke im Gedächtnis geblieben war. Ein Fresko von der Heilung des Bischofs durch den Nagel wurde im Chorraum neben den beiden Fenstern auf der Südseite angebracht, auf dem deutlich die Saphire und das grüne Email in dem reich verzierten Reliquienbehälter zu erkennen waren, von dem fortan die herausgebrochenen Steine verehrt wurden, die man in eine schwere, mit kleinen Sichtschlitzen durchbrochene Eisentruhe legte und fest verschlossen in den Fuß des steinernen Altars integrierte. Von dem Geheimnis, das der Schwengel barg, ahnte freilich niemand etwas, doch das Gerücht machte die Runde, dass der Bischof gesagt habe, der Nagel sei zurückgekehrt. Und so wurde die Marienkirche zu einem Wallfahrtsort, von dem es weithin hieß, sie beherberge einen der Nägel, mit dem Christus, der Messias, ans Kreuz geschlagen worden war.

Viele Jahre später, der Bischof und die Spitalmönche waren längst abgereist, die Marienkirche hatte mit ihren Wehrmauern den Bauern und Mönchen genügend Schutz geboten, um so manchem räuberischen Überfall in der brenzligen Zeit des ersten württembergischen Bauernaufstands aufgrund der finanziellen Misswirtschaft des Herzogs die Stirn zu bieten, da lag der Glockengießer in einem außergewöhnlich hohen Alter im Sterben. In seiner letzten Stunde waren sein einziger Sohn Michael bei ihm und ein Geistlicher. Es war jener gelehrte Mönch, der nach dem Schwur des Bischofs in der Nacht auf dem württembergischen Schloss die Hebamme an dessen Bett gebracht und den man inzwischen zum Prälaten der Handelsstadt ernannt hatte.

„Hochwürden", sprach der Glockengießer auf dem Sterbebett, „ich habe gesündigt und ich habe es doch auch nicht getan."

Und als der Prälat ihn fragend anblickte, sanft seine Hand berührte und ein Kreuz hineinlegte, da brachen sich die Worte bahn, die der Gießer all die Jahre tief in sich verschlossen hatte, und er erzählte ihm die Geschichte der beiden Mönche, denen er Unterschlupf gewährt hatte und die im Gegenzug seine geliebte Jakoba durch die Berührung mit der Heiligen Reliquie gerettet hätten. Er erzählte von seinem Schwur, im Falle der Gesundung der Mutter seines einzigen Sohnes den Nagel der Marienkirche zurückzugeben, und zwar so, dass dieser nie wieder gestohlen, geraubt, verkauft oder gegen Pfründe eingetauscht werden konnte, dass er für immer dort bleiben würde, an dem Ort seiner Bestimmung, in den deutschen Landen, in Württemberg, wohin ihn der Schwur des Bischofs von Konstanz geführt hatte. Deshalb hatte er den beiden Mönchen von einer seiner Mägde eines Abends ein mit starken Kräutern versetztes hauseigenes Bier als Schlaftrunk bringen lassen, der die frommen Männer alsbald auf ihr Nachtlager fallen ließ, so dass der Gießer den Nagel aus dem Reliquienbehälter entfernen und einen anderen dafür hineinlegen konnte, den er in dieser Nacht von seinem Bruder, dem Schmied, der den Klöppel für die große Glocke damals geschmiedet hatte, originalgetreu nachfertigen ließ. Als die Mönche fort waren, gab er bei seinem Bruder einen neuen Schwengel für die große Glocke der Marienkirche in Auftrag, die dieser nach seinen Zeich-

nungen und Berechnungen natürlich exakt nachfertigen konnte. Und in nächtelangen Versuchen
fanden die beiden eine Möglichkeit, den Eisennagel so in das Material einzubringen, dass dieser
unversehrt blieb und die Oberfläche des Stahl-
schwengels dennoch makellos ausgebildet werden
konnte. Als er den Klöppel dann gemeinsam mit
seinem Bruder in der Glockenstube in die große
Betglocke eingehängt hatte, bemächtigte sich seiner das große Gefühl, seinen Schwur erfüllt zu
haben, und mit der rechten Hand am Glockenrand und der Linken auf dem Herzen fügte er
hinzu: „Jeder, der sich an dem Schwengel zu
schaffen macht, um den Nagel dieser Kirche zu
entreißen, soll eines unnatürlichen Todes sterben."

Nachdem der Glockengießer mit seiner
Beichte fertig war, erteilte ihm der tief
beeindruckte Prälat die Absolution. Seinem Sohn Michael aber überreichte der Gießer
die Aufzeichnungen, die er in jenen Nächten an-
gefertigt hatte, und dieser begriff nun, warum sein
Vater ihm in all den Jahren auch das Schmieden
in der Werkstatt seines Onkels nahe gebracht hatte und das Experimentieren mit Fremdmaterial im
weichen Stahl. Und so war ihm das Verfahren,
das ihm der Vater zeigte, nicht ganz neu, wenn-

gleich er über die Präzision staunte, mit der sein Vater die Vorgehensweise beschrieb, mit dem Michael den Nagel im Falle eines Schwengeltausches heraus- und in den neuen wieder einarbeiten würde und die nun auch er so lange zu hüten hätte, bis er sie einst an seine Söhne weitergeben können würde. Freilich würde er den Schmied ins Vertrauen ziehen müssen, weil der Gießer mit der Wartung der Glocke und auch mit dem Schwengelschmieden und –anbringen nichts zu tun hatte, aber das wäre kein Problem, diesbezüglich war man sicher, denn diese Zünfte hatten bereits zu dieser Zeit eine alte christliche Tradition und niemand würde es wagen, sich an einer Glocke zu vergehen, um ihren Schatz zu rauben; zu deutlich standen ihnen die Bilder der Höllenqualen im Fegefeuer vor Augen und die Steintafeln mit den Hilferufen der armen Sünder in den Beinhäusern der Kirchen. Der Glockengießer verstarb noch in derselben Nacht und seine geliebte Frau Jakoba folgte ihm, bevor das Jahr sich dem Ende neigte. Im Sterbezimmer wurde bei beiden noch Tage später ein ungewöhnlicher Wohlgeruch wahrgenommen, von dem die Leute behaupteten, dies läge an der engen Verbundenheit des Gießers mit den Kirchenglocken.

Das Geheimnis des Schwengels war bei dem Glockengießer Michael und dem frommen Prälaten gut aufgehoben, und vermutlich wäre das über die Jahrhunderte hinweg auch bei den nachfolgenden Generationen so geblieben. Doch bei dem inzwischen nicht mehr ganz jungen Gießer hatte sich seit seiner Vermählung immer noch kein Nachwuchs einstellen wollen, obwohl seine Frau noch jung war. Schließlich hatte diese im darauffolgenden Jahr auch noch eine Fehlgeburt, weshalb er beschloss, zu Fuß zu der Marienkirche zu pilgern, um den Schwengel zu berühren, der den Nagel bewahrte. Zu dieser Zeit war gerade wieder Jahrmarkt, und da er zwei Tage lang fort sein würde, wartete er, bis dieser vorüber war, denn dort verkaufte er kleinere Glocken und auch Handglocken nebst verschiedenen anderen Gebrauchsgegenständen; und als er sich schließlich auf den Weg machte, waren auch die Kaufleute, Händler und Bauern bereits auf ihrem Weg gen Heimat. Um die Mittagszeit traf er einen alten Tuchhändler, der mit Pferdekarren und seinem wenig redsamen Sohn unterwegs war und der ihn vom Markt her erkannte. Als sie ins Gespräch kamen, stellte sich heraus, dass dieser sich an die Prozession erinnerte, die mittlerweile im vergangenen Jahrhundert lag, auf der die Reliquie geraubt worden war. Und so fügte sich für den

Sohn des Glockengießers die Geschichte, mit der das Schicksal seiner Familie so eng verwoben war, in diesem Moment aus dem Munde eines Zeugen zu einem Ganzen, und sie raubte ihm beinahe den Atem. Es war doch etwas anderes, die Geschichte des Vaters nun in allen Einzelheiten präsentiert zu bekommen, die für ihn nur einen Schluss zuließ: Es musste Gottes Plan gewesen sein, dass alles so gekommen war und deshalb würde er alles daran setzen, dass sich der Schwur auch weiterhin erfüllen konnte.

Nachdem der Kaufmann weitergezogen war, nicht ohne noch einmal von den überaus wertvollen Edelsteinen zu schwärmen, mit denen der Reliquienbehälter besetzt gewesen sei, verlief der Gang des Glockengießers Michael ohne weitere Zwischenfälle, und er traf gegen Nachmittag in der Kirche ein, in der ein Maler gerade dabei war, ein großes Wandfresko von der Maria mit Rosenkranz anzufertigen, eine Darstellung, die zu dieser Zeit von den Dominikanermönchen verbreitet wurde. Ein anderer malte Elisabeth von Thüringen bei einer Wunderheilung, einige Pilger beteten zu den Heiligen Reliquien und küssten die Eisentruhe, und einige der Kaufleute und Bauern machten noch einmal Halt, um den Segen für ihre Heimreise zu erbitten, darunter auch der Tuchhändler, der, wie viele andere, bei dieser Gelegenheit die erst vor kurzem angebrachte lebensgroße Christusstatue bestaunte und sich ein bisschen vor deren Dornenkrone und den blutigen Malen an Händen und Füßen gruselte. Zwei Mönche beaufsichtigten das stille Treiben, zu dem sich nun auch noch der Glockengießer gesellte und um Zugang zur Glockenstube bat, um im Andenken an seinen Vater und auch der Funktionalität wegen wieder einmal nach der großen Bet- und Wetterglocke zu sehen. Obwohl das den Mönchen merkwürdig vorkam – normalerweise waren sie es, die das Material prüften und die Handwerker riefen – ließen sie ihn angesichts des Treibens im Kirchenschiff gewähren, und auch weil sie wussten, dass er ein gottesfürchtiger Mann war.

Als Michael im Glockenstuhl, das Stundengeläut freilich meidend, zwischen der fünften und der sechsten Stunde den Schwengel berührte, überkam ihn die tiefe Gewissheit, dass er auf dem rechten Weg war. Er betete. Zufrieden stieg er alsbald die steilen Holzstufen wieder hinunter, nachdem ihn einer der Mönche dazu ermahnt hatte, der das Abendgebet einläuten musste. Als er wieder auf dem Boden des Glockenturms stand, war es im Kirchenschiff bereits dämmrig und die Freskenmaler hatten ihre Arbeiten eingestellt. Und weil ihn der Prälat, der zu dieser Zeit ebenfalls im Dorf weilte, um den Klostervorsteher und seinem Bischof über den Fortschritt der Malereien zu unterrichten, ihn dazu einlud, blieb er auch noch zum Abendgebet in der Marienkirche. Es dunkelte bereits, als er sich zu der Herberge aufmachte, in der er übernachten wollte. Noch wusste er nicht, dass er dort nie ankommen und stattdessen von einem Ereignis überrascht werden würde, dessen Folgen noch in das kommende Jahrtausend hineinwirken sollten. Denn Michael, der Glockengießer, wurde überfallen. Hinterrücks zog man ihm einen Sack über den Kopf, und jemand schnaubte etwas von Juwelen und Glocken, was Michael natürlich sofort auf den Tuchhändler zurückführte, dessen Stimme er jedoch unter den offenbar mehreren Männern – vielleicht sein Sohn? - nicht ausmachen konnte, wobei es ihm ein Rätsel war, warum man ihn mit der Reliquie in Verbindung brachte. Doch weil sie ihm androhten, seiner Ehefrau Leid zuzufügen, gab er sein Geheimnis preis, vor Schuldgefühlen und schlechtem Gewissen betend und weinend, und willigte ein, die Männer in die Kirche zu begleiten und ihnen zu helfen, sich des Schwengels der großen Glocke zu bemächtigen. Doch so sehr er auch beteuerte, dass nur der Nagel, nicht aber die Juwelen dort versteckt seien

34

und dass Gott sich fürchterlich an ihnen rächen würde, sie glaubten ihm kein Wort und banden ihn zwei Stunden später in dunkler Nacht im Chorgestühl fest, von wo aus er ihnen Anleitung geben musste, verbunden mit dem tiefsten Bedauern, das er in seinen vielen Gebeten in diesen Stunden noch oft gegenüber seinem Gott aussprach. Würde er sich jemals verzeihen können, dass der Schwur seines Vaters sich nicht hatte erfüllen können, weil er, sein Sohn, ihn gebrochen hatte? Oder würde Gott, der Herr, ihm beistehen und die Enthüllung seines Geheimnisses vereiteln? Betend saß er da, die Augen über dem Sack mit einer Binde verschlossen, so dass er das Geschehen blind über sich ergehen lassen musste, das gelegentlich von der Nachfrage nach dem einen oder anderen Handgriff unterbrochen wurde. Von Zeit zu Zeit vernahm er ein zartes Klingen, das er nicht zuordnen konnte. Waren es die Werkzeuge, mit denen sich diese Gottlosen an der Betglocke zu schaffen machten oder antworteten die Stimmen der Heiligen auf seine Gebete, um ihn, Michael, zu trösten? Plötzlich spürte er einen heftigen Schlag am Kopf und die Welt um ihn herum versank in Schwärze. Und so sollte niemand je in Gänze erfahren, was sich in dieser Nacht in der Marienkirche zugetragen hatte.

Als am nächsten Morgen ein Mönch zum Morgengebet läuten wollte, fand er am Fuße des Glockenturms einen Verrückten, der sich beide Ohren mit den Handflächen zuhielt, am ganzen Körper zitterte und selbst in der darauffolgenden Nacht auch dann noch nicht müde wurde, etwas von einem verfluchten Schwengel zu faseln, nachdem ihn die Mönche in Gewahrsam genommen hatten. Es war der Sohn des Tuchhändlers, dessen leichenstarrer Vater auf einem Zwischenboden im Turm lag, mit grotesk verdrehten Armen und Beinen, der mit seinem Sohn gereist war, welcher den Glockengießer bewusstlos geschlagen hatte.

Michael aber erwachte erst beim Morgengeläut der großen Glocke. Man hatte ihn vollkommen übersehen, was wohl am dämmrigen Licht im Chor gelegen haben mochte, aber auch an dem braunen Sack, der sich nicht wesentlich vom Holzgestühl abhob. Mit dem Läuten der Glocke fiel die ganze Anspannung von Michael, dem Glockengießer, ab, denn nun wusste er, dass seine Gebete erhört worden waren und sich der Schwengel an seinem rechtmäßigen Platz befand. Nachdem man ihn losgebunden hatte, begriff er, dass sich der Schwur und der Fluch seines Vaters erfüllt hatten: Wer versuchte, den Schwengel zu rauben, sollte eines unnatürlichen Todes zugrunde gehen. Der Nagel aber würde für immer am Ort seiner Bestimmung bewahrt werden, im Kirchenschatz der Marienkirche, dafür sollten er und seine Nachkommen sorgen, sofern Gott ihm gnädig sein und Söhne schenken würde.

Als man Michaels Kopfwunde untersuchte, stellte sich diese im Vergleich zu dem wuchtigen Schlag als harmlos heraus. Obwohl sein Kopf blutverschmiert war, war die Wunde bereits wieder gut verschlossen und hatte zu heilen begonnen, ein Phänomen, das der Prälat und die Mönche auf die Reliquien vom Behälter des Nagels zurückführten. Über den mutmaßlichen Verdacht der Tuchhändler, es seien Juwelen im Schwengel der großen Glocke eingegossen, konnte man sich nur wundern, wurde doch seit einigen Wochen in der Kurie die Nachricht verbreitet, dass der echte Nagel mitsamt des Reliquienbehälters in die Kathedrale von London überbracht worden sei, die man dem Bischof von Konstanz abgekauft hätte, um sie wieder in den rechtmäßigen Besitz seines ursprünglichen Bestimmungsortes zurückzuführen. Warum der damalige Bischof von Konstanz sich gegen diese Lüge nicht gewehrt hatte, bleibt unklar. Vielleicht lag es daran, dass er dem Papst vorgeschlagen hatte, seinen ein Jahr zuvor verstorbenen Vorgänger, jener, der den Nagel der

Marienkirche übergeben wollte, heilig zu sprechen und ein solches innerkirchliches Scharmützel diesem Unterfangen geschadet hätte. Jedenfalls war offensichtlich, dass der Schwengel keine Juwelen verbergen konnte und Michael, der Glockengießer, wurde mit der Gewissheit nach Hause entlassen, dass er Opfer eines Missverständnisses geworden sei, während den Übeltätern dank einer göttlichen Fügung die gerechte Strafe zugedacht worden und er selbst unbeschadet davon gekommen sei. Die Verehrung des Nagels in der Marienkirche freilich ließ man weiterhin zu, immerhin besaß man die beiden Steine aus dem Reliquienbehälter, und außerdem, wer konnte schon wissen, ob jener Bischof im fernen London auch wirklich den echten Nagel besaß?

Und als Michael sich auf den Heimweg machte, erfüllte ihn eine Mischung aus tiefer Gottesfurcht und großem Lebensmut, die er an seine vier Söhne weitergeben sollte, von denen der erste ein Jahr nach dieser abenteuerlichen Wallfahrt das Licht der Welt erblickte.

Einige Jahre später begegnete Michael, der Glockengießer, der es mit seiner wachsenden Unternehmung und Kunstfertigkeit mittlerweile zu einem angesehenen Stadtbürger gebracht hatte, dem Prälaten, der ihm von dem Sohn des Tuchhändlers berichtete, dessen bruchstückhafte Darstellungen während seiner Behandlung im Spital der Mönchsorden mittlerweile zu einem schlüssigen Bild von den Ereignissen in der Nacht des Überfalls zusammengesetzt werden konnten. Mutmaßlich hatte der einzelgängerische und mürrische Sohn des Tuchhändlers diesen dazu gedrängt, dem Glockengießer nachzustellen, nachdem dieser den Erzählungen vom Raub der Reliquie seines Vaters allzu interessiert, ja nachgerade geschockt gelauscht hatte. Er vermutete, dass dieser Mann mehr wusste, zumal die Zunft der Gießer ohnehin eine geheimniskrämerische war. Als der Glockengießer an jenem Tag ihrer Heimreise in der Kirche dann auch noch längere Zeit im Turm zubrachte, erhärtete sich sein Verdacht, schließlich hieß es, der Nagel sei zurückgekehrt, doch das ja wohl kaum ohne Reliquienbehälter. Der Sohn jedenfalls, der mit den Geschäften seines Vaters nie zufrieden war, der ohnehin lieber mit den großen Bischofsstädten Handel getrieben hätte als mit jenen in den kleinen württembergischen Grafschaften, dem sein Vater in allen Farben die Pracht der Juwelen beschrieben hatte, dieser Sohn witterte die Chance seines Lebens. Er spürte, dass das hohe Alter gerade jener Glockengießerfamilie, von der man hinter vorgehaltener Hand bewundernd sprach, kein Zufall sein konnte. Er hatte sogar beobachtet, wie der Glockengießer vom Prälaten zum Abendgebet eingeladen worden war. Und so kam er zu dem Schluss, dass Michael wusste, wo der Nagel war, und bei diesem die Juwelen.

In der Glockenstube muss es zu einem Unfall gekommen sein, dessen Hergang nicht mehr nachvollzogen werden konnte. Vermutlich hatte der schwere Schwengel bei dem Versuch, ihn auszuhängen, zurückgeschlagen, vielleicht war er aber auch auf dem Taubendreck ausgeglitten oder durch eine unbedachte Bewegung abgerutscht. Weil die beiden so lange gebraucht hatten und der Sohn nach dem Unfall im Schock war, muss er sich direkt neben der großen Betglocke aufgehalten haben, als der Hammer der Turmuhr die zehn Stundenschläge auslöste.

„Das raubte ihm den Verstand", schloss der Prälat seinen Bericht.

Und so kam es, dass zu Beginn des 16. Jahrhunderts derselbe Nagel sowohl in der Marienkirche in Württemberg als auch in der Kathedrale von London verehrt wurde. Man erzählte sich, dass ein Dieb den Schwengel der Marienkirche verflucht habe, und Gott ihn deshalb gestraft hätte, was dem Wundertun der Kirche weitere Anhänger bescherte und Geld in die Kasse des Mönchsordens spülte, und immer wieder wurde von Wunderheilungen berichtet, nachdem die Reliquientruhe geküsst worden war; kinderlose Paare kamen, Sieche und Lahme, Blinde und Taube, vereinzelt erzählte man sich sogar von Lichterscheinungen oder einem Lächeln auf dem Antlitz der Christusstatue und mancher fromme Mann geriet darob in Verzückung. Auch das Bild der Heilung des Bischofs durch den Nagel wurde eines Tages verehrt, den dieser im Reliquienbehälter flehend gen Himmel reckte und den der Maler in einen Lichtstrahl gehüllt hatte. Mancher berührte auch das Seil der großen Glocke, weil sich immer wieder auch die Sage durchsetzte, dass der Schwengel eine Legierung aus Bronze und dem wundertätigen Nagel selbst sei. Und eines Tages betete eine Frau herzzerreißend vor der Christusstatue um ein Kind, weil ihr Mann sie nach ihrer dritten Fehlgeburt als Hexe denunziert hatte. Später erzählte sie, die große Betglocke habe von selbst zu läuten begonnen, sie sei in Verzückung geraten und hatte deshalb übers Jahr einen wunderschönen, gesunden Knaben geboren. Natürlich verschwieg sie, dass in jener Nacht ein großes Gewitter aufgezogen war und sie Unterschlupf bei einem der umliegenden Bauern gefunden hatte, dessen Sohn jung, stark und gesund war, im Gegensatz zu ihrem alternden Ehemann, der vor dem Tod ihrer Schwester ihr Schwager gewesen war in einer kinderlosen Ehe. Später verehrte man sie als Jungfrau, die von der Glocke einen Sohn geschenkt bekommen habe, neue Gemälde kamen hinzu von der wundertätigen Glocke und die Pilgerströme rissen nicht ab.

All dies sollte die Jahrhunderte überdauern, in denen zweimal über mehrere Jahre die Pest wütete, in denen die Reformation aus der klösterlichen Marienkirche eine Christuskirche machte und der Pfälzische Erbfolgekrieg zahllose süddeutsche Häuser und Höfe in Schutt und Asche legte, in denen schließlich die Mechanisierung, die bessere Ernährung und später die Industrialisierung aus den Bauerndörfern Städte machte. Denn erst als die großen Umwälzungen in Europa ab der Französischen Revolution keinen Stein mehr auf dem anderen ließen und die rasante technische und geistige Entwicklung die Wunder nachgerade abschaffte, da wurden die Wandgemälde in den Kirchen mit weißer Farbe übertüncht und die Sage von dem wundertätigen Nagel in der Christuskirche geriet in Vergessenheit. Eine württembergische Glockengießerfamilie hütete zwar noch bis in das 19. Jahrhundert hinein die mittelalterlichen

Zeichnungen und Berechnungen über den Guss der großen Betglocke, aber von einem Nagel war dort keine Rede mehr. Und im Laufe der Jahrhunderte hatte sich das Wissen um Material und Schmiedeverfahren der Klöppel entscheidend verändert, der Stahl war nicht mehr irgendeiner, sondern ein hochwertiger, weicher, kohlenstoffarmer Einsatzstahl, weshalb in den Schmieden die alten Zeichnungen, Berechnungen und Legierungen längst vergessen waren. Nur in einem alten Kirchenbuch der Christuskirche aus dem 18. Jahrhundert konnte ein interessierter Betrachter die etwas kryptische Eintragung in lateinischer Sprache finden: Faber est suae quisque fortunae, et clavus Sancti campane in ecclesia Christi.

Ein solcher interessierter Betrachter war Hannes, der Kunst- und Klöppelschmied, der eigentlich Geschichte studiert hätte, wenn der Krieg ihm nicht den Vater und der Schmiede nicht den Meister genommen hätte, dessen Pfarrer ihn das Lateinische gelehrt und dessen alter Dorflehrer sein Interesse für die abendländische Geschichte geweckt hatten und der fast ein halbes Jahrtausend später, genauer im Frühjahr 1956, eben jenes Kirchenbuch im Arbeitszimmer des Pfarrhauses studierte, das ihm die Pfarrsekretärin herausgeholt hatte. Er tat es,

43

weil er herausfinden wollte, ob er wirklich, wie man es sich in der Familie erzählte, aus jener Glockengießerlinie stammte, die die große Betglocke gegossen haben soll, die in der hiesigen Christuskirche jeden Sonntag den schönen B-Klang über die Stadt schickte. Sie war etwas ganz Besonderes, das war klar, denn sie war eine der wenigen mittelalterlichen Glocken, die nicht im Zuge der Waffenproduktion während der Weltkriege eingegossen worden waren. Und für ihn war sie darüber hinaus etwas Besonderes, weil sein Vater den Schwengel der großen Glocke gefertigt hatte, der diesen wunderschönen Klangschon erzeugte, als Hannes noch gar nicht auf der Welt gewesen war. Die Unterlagen dafür besaß er natürlich noch heute, dafür gab es einen hinter dem Wohnzimmerregal in der Wand eingelassenen Tresor, den ihm sein Vater hinterlassen hatte, mit allen Unterlagen über die Berechnung, Form, Gewicht und Legierung der Rohstangen, natürlich nicht nur für die große Glocke der Christuskirche, sondern auch für die anderen Klöppel im näheren Umkreis, die man bei ihm bestellte, wenn man nicht zur Konkurrenz in die Landeshauptstadt ging, was allerdings selten der Fall war, weil man sich in der Regel auf die hiesigen Handwerker verließ. Und während seine Kunstschmiedearbeiten seinem Handwerk als solchem zur Ehre gereichten,

44

war das Schmieden eines Klöppels jedes Mal für Hannes selbst eine Ehre, für ihn als Menschen, denn während Pfarrer und Mesner sich Diener Gottes nannten, konnte er diesem einen Dienst erweisen, zu dem die anderen niemals in der Lage gewesen wären, er, als einer der wenigen Wissenden in diesem Spezialfach, ein schwer wiegendes und wichtiges Erbe, zu dem er seinen Vater nicht mehr befragen konnte, von dem er gerne noch so viel mehr erfahren und gelernt hätte.

Er studierte auch die Kirchenbücher der damaligen Handelsstadt, in der die Glockengießerfamilie gelebt haben soll, die inzwischen eine Großstadt war und wunderte sich darüber, wie alt die Familienmitglieder jeweils wurden, meistens über achtzig, spätere Generationen oft fast hundert. Vereinzelt waren die Eintragungen auch mit Randbemerkungen über die Begleitumstände wichtiger Ereignisse in dieser Familie versehen. Darunter ein Sonnenstrahl, der in der Sekunde des Todes eines männlichen Familienoberhauptes durch eine Lücke zwischen den Kanten der zugezogenen Vorhänge hindurch auf dessen Gesicht fiel, so dass es aussah, als ob dieser lächle. Auch von Wohlgerüchen war bisweilen die Rede, die die Toten während der gesamten Zeit der Aufbahrung begleiteten und noch bei der Grablegung in der Luft lagen, oder von Lichterscheinungen, in der Luft schwebenden Gloriolen etwa und einmal sogar von einer Mariengestalt. An solche Geschichten glaubte Hannes nicht, wenngleich sie ihn faszinierten. Und sie erklärten zumindest, warum die Altvorderen in der Familie als so geheimnisumwittert galten, was vor allem seine Mutter immer wieder erzählte, während es seine beiden älteren Schwestern, die bereits seit geraumer Zeit in Richtung Großstadt geheiratet und kaufmännische Berufe erlernt hatten, für rückwärtsgewandt hielten. Und, das war offensichtlich, die Gießerfamilie blieb weitgehend von schweren Krankheiten oder Gebrechen verschont. Vielleicht, dachte Hannes, ist das dem französischen Medicus zu verdanken, der im 18. Jahrhundert in die Familie eingeheiratet und sein Wissen weitergegeben hatte. Dieses Wissen war möglicherweise im Laufe der Jahrzehnte untergegangen. Sonst, dachte Hannes, hätte man womöglich seine Kinderlähmung heilen oder gar verhindern können. Denn seit seinem achten Lebensjahr ging er mit einem leicht eingedrehten Knöchel am rechten Bein durch sein Leben, was ihn zwar im Alltag kaum behinderte, aber dazu geführt hatte, dass sein Gang nicht so elastisch wie der anderer junger Männer war, und dass er irgendwann Arthrose bekommen würde. Sein Arzt hatte ihm einmal gesagt, er habe unglaubliches Glück gehabt; eine so schwache Verlaufsform hätte er noch nie gesehen, ohne bleibenden Muskelschwund, ohne verkürzte Extremitäten und einem sonst normalen Körperwuchs. Und als sein Vater nicht mehr aus dem Krieg zurückkam, den sie erst im letzten halben Jahr in einer Nacht- und Nebelaktion noch eingezogen hatten, ohne, dass er sich hätte anständig verabschieden können, und er, gerade einmal fünfzehnjährig, die Schmiede übernehmen und sich zusätzlich auch noch um ihre Streuobstwiesen kümmern musste, um die Mutter und sich über Wasser zu halten, war dankbar, dass das Schicksal es doch gut mit ihm gemeint hatte, dankbar für seine Gesundheit, seine kräftigen Muskeln und seinen klugen Kopf. Denn die Bemühungen des Pfarrers und des alten Dorfschullehrers hatten Früchte getragen: In seiner Freizeit befasste sich Hannes mit alter christlicher Schmiedekunst und lateinischen Inschriften, und mittlerweile mit Kirchenbüchern und mit seinem Stammbaum. Deshalb konnte er auch den Eintrag in dem Kirchenbuch entziffern. Die deutsche Übersetzung lautete: Jeder ist seines eigenen Glückes Schmied, und der Nagel ist in der Glocke der Christuskirche. Und schließlich wurde er auch bezüglich seiner eigenen Herkunft fündig: Anfang des 19. Jahrhunderts hatte es in jener Gießergeneration mehrere Söhne gegeben, von denen einer den Glockenguss verlassen hatte und außerhalb der Stadtmauern Schmied wurde. Und diese Linie führte tatsächlich direkt zu seinem Vater, während der Hauptast knapp hundert Jahre später zu Hannes großem Bedauern nur wenige Jahrzehnte vor seiner Geburt den Betrieb eingestellt hatte.

Die Kleinstadt, in der Hannes lebte, war seit der Zeit nach dem Zweiten Weltkrieg zu beinahe der Hälfte mit Vertriebenen aus Böhmen, Schlesien und Polen bevölkert, die die Alliierten in den vergangenen zehn Jahren der Gemeinde zugewiesen hatten. Und so war aus dem 3500-Seelen-Dorf, in dem die meisten Leute im Haupterwerb Landwirte waren, mittlerweile eine Kleinstadt mit knapp 6000 Gemeindemitgliedern geworden, Bahnhof, Autobahnanschluss und kleinere Industrieunternehmen inklusive, in der sich Arbeiter, Bauern, Handwerker, Einzelhändler, Unternehmer und aufgrund ihrer Hauptstadtnähe auch Reisende tummelten. Die ersten Bauern verließen ihre innerorts gelegenen Gehöfte und gründeten Aussiedlerhöfe am Rande der Stadt, wo sich dreißig Jahre später dann die Industriegebiete ausbreiten würden. Überhaupt wurde an jeder zweiten Ecke gebaut oder renoviert, die Steine per Handwagen oder mit Ochsenkarren aus dem zwei Stunden entfernten

48

Steinbruch geholt oder aus den Randgebieten der zerbombten Hauptstadt.

In jener Zeit wurde die Christuskirche über mehr als ein Jahr lang renoviert. Ein paar Jahre zuvor war zur großen Betglocke in die winzige Glockenstube eine kleinere Kreuzglocke dazugekommen, weshalb es nun dort oben noch enger zuging, was Hannes wusste, weil er wie sein Vater Mitglied der Bauhütte war, und weil er im Zuge der Installation der elektrischen Läuteanlage andere Beschläge und zusätzliche Halterungen für die großen Querträger der Glocken schmieden musste, die die Glockenkronen hielten. Die wunderschöne, über zweihundert Jahre alte, denkmalgeschützte Orgel hatte man von ihrer Empore heruntergeholt und in den Chorraum gestellt, der steinerne Altar sollte noch durch einen aus Holz ersetzt werden, weshalb man die Reliquiensteine, die inzwischen mehr historischen als theologischen Wert besaßen, bereits in das Mauerwerk zu Füßen der Christusstatue hinter Panzerglas eingelassen hatte, die nun rechts neben der ebenfalls neuen Kanzel hing. An jenem Tag, als Hannes das schmiedeeiserne Geländer auf der Südseite des Chors an der Treppe zu dieser neuen Kanzel verankern wollte, splitterten Farbpartikel unter dem Kalkaufstrich von der Wand ab, woraufhin zwei Restauratoren ein halbes Jahr lang damit beschäftigt waren, ein Fresko freizulegen, das den Bischof von Konstanz am Ende des 15. Jahrhunderts bei einer Wunderheilung zeigte, eine Sensation, die zahlreiche Historiker und Theologen auf den Plan rief, nicht nur wegen des Alters des Wandgemäldes, sondern weil der darauf abgebildete Reliquienbehälter darauf schließen ließ, dass die Reliquiensteine der Christuskirche echt waren und dass es eine Verbindung mit jenem Reliquienbehälter geben musste, der sich im Kirchenschatz der Kathedrale von London befand, an dem zwei Steine fehlten.

Als die Südwand nach der Renovierung endlich wieder freigegeben war und Hannes die Maße für das neue Geländer aufnehmen konnte, betrachtete er das konservierte Fresko, den Bischof von Konstanz, den Eisennagel, den dieser fromme Mann in beiden Fäusten mit verklärtem Blick gen Himmel hielt und auf den in diesem Moment ein flackernder Lichtstrahl fiel. Eine Sekunde lang glaubte Hannes, das Schimmern ginge von dem Nagel aus. Doch dann hörte er hinter sich ein Geräusch. Und als er sich umdrehte, trugen gerade zwei Flaschner ein Rohr der neuen Küchenzeile in das Mesnerzimmer, auf dem sich die Sonnenstrahlen spiegelten, die durch die großen Fenster des Chorraums fielen. Und als er sich wieder zurückdrehte, erkannte er zu seinem Erstaunen, dass der Bischof gar nicht den bloßen Nagel, sondern den kompletten Reliquienbehälter in Händen hielt.

Der damalige evangelische Pfarrer Weininger, jener, der Hannes das Lateinische nahe gebracht hatte, war mittlerweile alt geworden und galt von jeher als eher weltlich orientiert. Von Sagen hielt er nicht viel und vom Aberglauben erst recht nicht, den er gotteslästerlich und dumm nannte, denn nicht umsonst, pflegte er zu verkünden, hätte Jesus zu den Kranken nach der Heilung gesagt, dass der Glaube sie geheilt hätte und nicht er. Weininger lebte mit seiner Frau im Pfarrhaus direkt neben der Kirche und hatte einen jungen Mesner, der, wie sein Vater, sein Großvater und dessen Vater seit Generationen Hausmeister der Grundschule, des Gemeindehauses und der Kirche war. Bis vor einigen Jahren musste sein Vater die große Glocke um acht zum Morgenläuten, um zwölf zum Mittagsläuten und um sechs zum Abendläuten in Schwung setzen, indem er an den langen Seilen zog, die zu der Zeit noch durch Löcher in den Zwischenböden des schmalen Glockenturms hindurchführten, mittlerweile aber frei hingen, eine Ausnahme, um den Blick auf die mittelalterliche Glocke freizugeben. Im Zuge des Umbaus hatte man aus Gründen der Statik und für die elektrische Läuteanlage eine spezielle Stahlkonstruktion eingepasst. Und mittlerweile gab es auch eine neue Läuteordnung, auch zum Schutz der mittelalterlichen Glocke. Jetzt ging sie nur noch zu den Gottesdiensten und an den Feiertagen. Der Blick hinauf in den Glockenstuhl war für den Mesner immer noch befremdlich, über dreißig Meter Höhe, innerhalb derer ein herabstürzendes Teil dem freien Fall ausgeliefert wäre, nicht auszudenken, wenn es auf einen menschlichen Schädel prallte, wenngleich zwei Gutachter bestätigt hatten, dass sowohl Klöppel als auch Glocke in einwandfreiem Materialzustand seien und bei regelmäßiger Überprüfung keinerlei Gefahr für Leib und Leben bestehe. Anderthalb Tonnen Bronzeguss und ein Schwengel mit fast fünfundvierzig Kilogramm Gewicht, dachte der Mesner in diesen Tagen immer wieder, und ob er sich wohl an diesen Anblick gewöhnen würde, seine Hand auf das kleine Kreuz legend, das an einer Kette um seinen Hals hing. Wenigstens war der Zugang direkt unter der Glocke am Fuß des Turms abgesperrt.

Als Hannes eines Nachmittags mit dem Pfarrer während der Umbauarbeiten ins Gespräch kam, lenkte der Schmied das Thema auf die Wandfresko-Reliquie und auf den Eintrag, den er in dem Kirchenbuch gefunden hatte. Sie unterhielten sich darüber, dass der erste Teil des Spruches „Faber est suae quisque fortunae, et clavus Sancti campane in ecclesia Christi" – „Jeder ist seines eigenen Glückes Schmied, und der Nagel ist in der Glocke der Christuskirche" auf den römischen Politiker Caecus zurückzuführen sei, während der zweite Teil sich wohl als Ausgeburt der Phantasie des damaligen Kirchenschreibers in Verbindung mit der Reliquie lesen lasse. Auf die Frage, wie die Kombination zu verstehen sei, wusste der Pfarrer allerdings keine Antwort, auch nicht, als Hannes darauf hinwies, dass zwar die Glocke gegossen, der Schwengel jedoch geschmiedet sei und dass sich somit der erste Teil auf das Versteck des Nagels, der im zweiten Teil erwähnt wird, beziehen könnte.

Schließlich verblüffte er den Pfarrer, indem er sagte: „Vielleicht hat jemand den Nagel in dem Schwengel versteckt, damals."

In diesem Moment kam der Mesner vorbei und schnappte den letzten Satz des Schmieds auf. Und dann kicherte er mit hochgezogenen Schultern ein saublödes Ziegenkichern und lachte den Schmied aus, mit dem Zeigefinger auf diesen deutend, was diesen so in Rage versetzte, dass es zu einer Schlägerei gekommen wäre, wenn der Pfarrer nicht Einhalt geboten hätte. Zwischen den beiden jungen Männern gärte es seit einer Weile ohnehin, weil Hannes den Mesner für einen Schönling hielt und der Mesner den Schmied mit seinem Klumpfuß für dumm und einen groben Klotz, ein Umstand, der den Pfarrer befremdete, waren die jungen Männer doch eigentlich seit Kindertagen befreundet. Doch die Ursache des Streites lag wohl in der schönen Joana, die vor zwei Jahren aus Polen gekommen war und für die sich der Mesner sehr interessierte. Und als dieser dann vor einiger Zeit beobachten hatte können, wie sich der kirchgangfaule Schmied an einem Sonntagsgottesdienst ausgerechnet oben auf der Empore schräg gegenüber der zarten Joana hingesetzt und auffällig oft in deren Richtung geschaut hatte, da war er fürchterlich eifersüchtig geworden, obwohl Hannes zu diesem Zeitpunkt noch gar nichts von Joana gewusst hatte und selbst über den Groll des Mesners erstaunt war, der ihn in den vergangenen Monaten schräg ansah oder gänzlich mied. Dieser nämlich ließ in einem nicht mehr ganz so nüchternen Moment seines frommen Lebens zum Leidwesen seines strengen Vaters sonntagsmor-

gens nach der Kirche im Gasthaus Zur Linde verlauten, der Schmied habe den Nagel im Schwengel der große Betglocke entdeckt, den der Bischof
auf dem Fresko in der Hand hielt. Und als Hannes eines schönen Morgens in eben jenem Gast-
hof schließlich Beweise für diese Lüge von ihm
forderte, weil man begann, über ihn zu spotten,
behauptete er, er könne keine Beweise erbringen,
weil Hannes den Nagel inzwischen gestohlen habe. Und wieder wäre es zu einer Schlägerei gekommen, wenn niemand eingegriffen hätte.
Diesmal war es der Wirt, von dem man sagte, er
habe Oberarme wie andere Leute Schenkel, und
der den Mesner am Ohr packte und hinauswarf,
bevor er Hannes durch die Wirtshaustür schob
und ihm sagte, sie mögen beide erst wiederkom-
men, wenn sie sich wie normale Menschen benehmen könnten.

Damit war der Zeitpunkt gekommen, zu
dem die uralte Sage wieder aufleben sollte.
Lager bildeten sich. Die einen waren sicher, dass an der Sage nichts dran sein könnte. Zu
ihnen gehörte Weininger. Andere behaupteten,
die große Glocke hätte einen ungewöhnlichen
Klang, den man bei keiner anderen Glocke fände,
was auf den Nagel zurückzuführen sei. Bald erzählte man sich in der Stadt, einige Zeit später

auch in den Nachbarorten und schließlich in der Landeshauptstadt, die Christuskirche berge einen der Nägel, mit denen Christus ans Kreuz geschlagen worden sei. Mit den Monaten setzten sogar Pilgerströme ein, man hatte die Nachricht von dem freigelegten Nagelfresko nicht vergessen, zunächst schwach, dann stärker, und bereits im Sommer des Folgejahres, als sich die Bauarbeiten ihrem Ende neigten, hatte der Schreiner in seiner Werkstatt in der Marktstraße unweit der Kirche die ersten Miniaturen des Wandfreskos auf kleine Holztäfelchen ziehen lassen, die seine Frau als Devotionalien verkaufte, was den alten Pfarrer nicht gerade erfreute, eine solche katholische Unart an seiner Kirche.

Wieder kam Unruhe in die Gemeinde, man tuschelte über den Schreiner, über den Mesner, am nächsten Tag über den Schmied, erst war die Rede von Diebstahl, dann wieder von einem vollkommenen Irrtum, vereinzelt wurde darüber hinaus von einem Fluch gesprochen, der auf der Glocke läge, die jetzt nicht mehr so schön klänge, weil sich jemand an ihr vergriffen und den Nagel gestohlen hätte, zu dem die Reliquiensteine gehörten und der womöglich in der Christusstatue steckte, nämlich in deren blutigen Füßen, sozusagen vor aller Augen und dennoch verborgen. Doch je mehr der Pfarrer versuchte, von der

Kanzel aus und im persönlichen Kontakt das Gerede aus der Welt zu schaffen, desto hartnäckiger hielt es sich. Schließlich kam ihm gar zu Ohren, er selbst sei in eine Verschwörung verwickelt, und eines Sonntagmorgens lag auf dem Altar zu allem Überfluss auch noch ein alter Eisennagel aus einem schweren Wandregal in Hannes Werkstatt, das dieser mit ausgebrauchten, seltenen Klöppeln und anderen besonderen Stücken zu einem kleine Familienmuseum eingerichtet hatte, und den, wie sich bald herausstellte, ein Spaßvogel gestohlen und in der Kirche abgelegt hatte. Hannes wusste natürlich, dass es der Mesner gewesen sein musste, aber beweisen konnte er es nicht.

Eines Tages saß Hannes an einem frühen Sonntagabend im Foyer des örtlichen Kinos, nachdem er sich einen ziemlich langweiligen Western angesehen hatte, und wollte gerade gehen, als eine blitzsaubere junge Frau in einem schicken weißen Mäntelchen und unglaublich schönen Beinen mit Schwung zur Tür hereinkam und mit dem Absatz ihres Stöckelschuhes in dem Gitter des Schuhabtreters hängen blieb, woraufhin er, Kavalier der er war, aufsprang, um ihr behilflich zu sein und dabei nicht umhin konnte, die Schöne mit dem Aschenputtel zu vergleichen, die vor ihrem Prinzen Reißaus genommen hatte, um ihre wahre Identität nicht preisgeben zu müssen. Nun erinnerte er sich auch, dass er sie bei einem seiner Kirchgänge schon einmal auf der Empore gesehen habe.

Die Schöne war etwas irritiert, er lud sie ins Kino in die darauffolgende Vorstellung ein, in die sie ohnehin gegangen wäre, doch bevor er bezahlen konnte, hatte sie ihre Karte gekauft mit dem Hinweis, sie sei weit davon entfernt, sich von einem fremden Mann so mir nichts dir nichts die Kinokarte bezahlen lassen, schließlich verfüge sie über ihr eigenes Geld. Und als Hannes ihr anschließend mit dem Hinweis auf die nächtliche Stunde und ihre Schutzbedürftigkeit eine Heimwegeskorte in der Person seiner Wenigkeit anbot, erteilte sie ihm die zweite Abfuhr mit dem Hinweis, sie sei sonst auch alleine unterwegs und bedürfe keines anderen Schutzes als ihrer eigenen Kraft.

An den darauffolgenden Sonntagen fand sich Hannes regelmäßig zu den Gottesdiensten ein und saß in der Nähe der jungen Frau, die eines Tages beim Herausfischen des Opfergeldes aus ihrer Hosentasche ihr Taschentuch verlor, das ihr Hannes, nachdem sie die Empore über eine der Außentreppen der Kirche verlassen hatte, mit den

Worten „Ist das Ihres?" reichte, woraufhin sie, gar nicht überrascht, diese Frage bejahte, weshalb Hannes Jahrzehnte später seinen Enkeln erzählte, dass das bestimmt kein Zufall, sondern Absicht gewesen sei, damals, von ihr, und dass er ihr an diesem Tag zum ersten Mal so richtig bei hellem Licht in die Augen gesehen habe, als sie ihm sagte, sie heiße Joana, kurz Hanne, und käme aus Polen, und dass er gefunden habe, diese Augen seien vom selben Grün wie die seines Katers Mohrle, der ihm über die schwere Zeit seiner Krankheit in Kindertagen hinweggeholfen, viele Stunden auf seinem Schoß zugebracht und ihm ab und zu mit seiner rauen Zunge die Hand geleckt hatte.

Von diesem Tag an trafen sich Joana und Hannes öfter. Die junge Frau konnte den Hang des Schmieds zur Ahnenforschung gut verstehen, weil sie selbst aus einer Familie mit Wurzeln im Landadel stammte, in der man viel von Tradition und Stammbäumen hielt. Da ihre Mutter, ihr Bruder und sie jedoch am Tag des Hinauswurfs aus dem polnischen Familiensitz nach dem Ende des zweiten Weltkrieges nichts mitnehmen durften außer etwas Essen und dem, was sie anhatten, besaß sie kein einziges Dokument mehr, das ihr weitere Forschungen ermöglicht hätte. Da ihr Vater gefallen war, ihre Mutter seither an einem gebrochenen Herzen litt - ganz zu schweigen von dem traumatischen Verlust des Gutshofes – und die restlichen noch lebenden Familienmitglieder über ganz Deutschland verstreut waren, konnte sie auch niemanden fragen. Sie wusste nur, dass sich ihr Stammbaum bis ins Mittelalter am Ende des Byzantinischen Reiches nachverfolgen ließ und dass, zumindest nach den Angaben ihrer Großmutter, sogar ein Tropfen türkischen Blutes in ihren Adern floss, das Blut nämlich einer islamischen Prinzessin. Denn, wer wollte schon sagen, hörte Joana ihre Großmutter heute noch, ob nicht zweihundertfünfzig Jahre vor dem Ende des Byzantinischen Reiches die heimliche Liebe eines englischen Kreuzritters mit einer Sultanstochter zu einem Spross geführt haben könnte, der sich im Anschluss an seine klösterliche Erziehung zu einem einflussreichen Städterat entwickelte, in den Adelsstand erhoben wurde und nach seinem Tod eine reiche Grafschaft nebst Kloster und Spital mit umfangreichen Lehen im Umfeld eines der deutsch-römischen Kaiser hinterließ.

Hannes fand Joana nach dieser Geschichte noch interessanter, und als sie ihm schließlich davon erzählte, dass sie von den Gerüchten über den

Nagel nicht ein einziges glaube, weil der Nagel ganz sicher im Schwengel der großen Glocke versteckt sei, da wusste er, dass sie seine Frau werden würde. Und Joana war deshalb so sicher, weil sie mit ihm das Kirchenbuch im Pfarrhaus mit dem Hinweis auf den Nagel noch einmal durchgesehen hatte und weil sie seine Überlegungen extrem logisch fand. Als sie das Buch gerade zuklappen wollte, sah sie in dem Schimmer, den die Neonlampe der Zimmerdecke des Arbeitsraumes im Pfarrhaus auf dem Papier machte, hochkant am Rand der anderen Aufzeichnungen eine schlampig weggekratzte Krakelschrift aus Kugelschreiber: Wer den Schwengel berührt, stirbt eines grausamen Todes.

Hannes wunderte sich, dass er den Eintrag beim ersten Mal übersehen hatte, er wunderte sich über die merkwürdige Schrift, die nicht zu den übrigen Eintragungen passte, schon deshalb, weil es keine Tinte war. Sie musste sehr viel später hinzugefügt worden sein, vielleicht erst in den vergangenen Wochen? Und er hatte auch schon einen Verdacht: Der Mesner. Er hatte Zugriff auf die Kirchenbücher, er hatte das Gespräch zwischen ihm und dem Pfarrer belauscht, er war eifersüchtig und ließ keine Gelegenheit aus, ihn hinterrücks zu diffamieren. Erst der Nagel auf dem Altar. Und jetzt das hier. Wer konnte wissen, was sich dieser

Verrückte noch alles ausdenken würde? Deshalb fasste er in diesem Moment einen Entschluss: Er würde den Schwengel untersuchen und mit dem Ergebnis die Gerüchte ersticken; der Nagel würde in der Kirche bleiben und nie wieder Aberglauben, Flüche oder sonstige Gemeinheiten heraufbeschwören. Gleichzeitig würde er Joana beeindrucken, das wäre der angenehme Nebeneffekt.

Und als Joana ihn ansah, wusste sie, was er dachte. „Du musst mir nichts beweisen", sagte sie. „Ich weiß es auch so."

Es war Samstagnacht, als Hannes den Schwengel der großen Glocke in der Christuskirche aushängte. Bereits einige Tage zuvor hatte er die Zeichnung seines Vaters und den Klöppel in der Glockenstube studiert, vor allem die Aufhängung, die im Hinblick auf das Klöppeleisen, den in die Glocke eingegossenen U-Bügel, immer noch die mittelalterliche war, die sein Vater mit breiten Lederstreifen umschlungen und die er mit zwei dicken verschraubten Bolzen fixiert hatte, eine bis in die heutige Zeit gängige Methode, bei deren Montage kaum Werkzeug benötigt wird. Bereits am Freitag hatte er den Schlüssel vom Hüttenmeister unter dem Vorwand ausgeliehen, er müsse am Wochenende dringend nach einer seiner Arbeiten sehen, sodass er unbemerkt in die Kirche gelangt war. Und als sich Hannes mit der Grubenlampe, die er auf einen Bauhelm geklemmt hatte, im Kirchenschiff umsah, blickte die Christusfigur mit ernsten Augen auf ihn herab.

Keine Sorge, dachte Hannes unwillkürlich, als wolle er sein Tun entschuldigen, ich bringe ihn nachher wieder zurück. Das gute Stück würde beim Gottesdienstgeläut wieder an seinem Platz sein, als wäre nichts gewesen. Und mit der verkappten Todesdrohung im Kirchenbuch hatte ihn der Mesner veräppeln wollen, das war ja offensichtlich.

Doch die Sache lief nicht so glatt, wie er es geplant hatte. Tagsüber hatte es geregnet, zum Teil mit heftigen Böen, und er hatte wegen der zum Teil ziemlich schmutzigen Wege auf dem Kirchhof nasse und verschmierte Schuhe, weshalb er aufpassen musste, dass er nicht ausrutschte, ganz zu schweigen von seinem gehandicapten Fuß, den er nicht richtig aufsetzen konnte. Erst auf den alten, trockenen und porösen Steinstufen zum Turm hinauf ging es besser.

Dennoch hatte er ein mulmiges Gefühl, als er die Muttern an dem Riemen des schweren Schwengels eine Minute nach dem Zwölf-Uhr-Schlag löste. Seine Hände zitterten unter dem Gewicht, während er auf einer dicken Holzplanke kniete, die er über den Schacht gelegt hatte. Und als er sich mit dem Fuß abstützen wollte, um von der Planke herunterzurutschen, rutschte diese zur Seite und Hannes sah eine Sekunde lang die Tiefe des Glockenturms, eine Sekunde, in der ihm der schwere Schwengel entglitt und gegen den Glockenrand kippte, was der Gemeinde um etwa zehn Minuten nach Mitternacht einen einzelnen außerplanmäßigen Glockenschlag bescherte. Hannes stockte der Atem unter dieser mächtigen Schwingung, und er stürzte ab. Während der Schwengel dreißig Meter unter ihm auf den frisch gelegten steingefliesten Boden krachte, gelang es ihm, mit den Händen das Seil der großen Glocke zu fassen und den Fall abzufangen. Dass er Lederhandschuhe trug, rettete ihm das Leben. Denn mit ihnen konnte er zugreifen, während Fleisch, Muskeln und Sehnen der bloßen Hand die Reibungshitze des Seils nicht ausgehalten hätten. Unten schlug er unsanft auf, ließ das Seil fahren und betrachtete den blutig aufgerissenen Ballen seiner rechten Hand, von dem das Leder heruntergerutscht war, bevor ihm schwarz vor Augen wurde und er auf dem aufgesplitterten und in lange Risse zersprungenen Steinboden ohnmächtig niedersank.

Als der Mesner am nächsten Morgen die Kirche wie immer in aller Frühe für den Sonntagsgottesdienst vorbereiten wollte, fiel ihm als erstes die geöffnete Tür seines Arbeitszimmers auf, und im Anschluss daran der kaputte, erst vor einem halben Jahr neu gelegte Boden des Glockenturmes. Weil das Gotteshaus um diese Zeit noch leer war und am Vortag niemand gearbeitet hatte, galten seine Überlegungen zunächst dem Unwetter, das möglicherweise einen Schaden im Glockenturm angerichtet und Teile herabstürzen hatte lassen. Damit würden sich seine Befürchtungen nun doch als berechtigt erweisen, weshalb er sich dafür entschied, Leib und Leben nicht zu gefährden und nichts im Alleingang zu unternehmen, sondern den alten Weininger zu holen.

Als dieser eintraf und in den Glockenturm blickte, zuerst schweigend nach oben, dann zu seinen Füßen, dann wieder nach oben, wo er schemenhaft die Glocke sah, das Seil befühlte und an einem der wenigen dunklen Flecken daran roch, sagte er: „Blut."
Auf die dumme Frage des Mesners, ob es sich um das Blut Christi handle, antwortete er, dass es dieser wohl kaum nötig habe, sich selbst zu bestehlen, ging dann langsam auf die Knie, sich mit bei-

den Händen abstützend, um die Steinsplitter und –risse im Boden zu befühlen, die unter ihren Schuhen knirschten. Nachdem er den sich sträubenden Mesner im Glockenturm die Wendeltreppe hinauf schimpfend vor sich hergeschoben hatte, sah er, was bereits von unten sichtbar gewesen war: Der Schwengel der großen Glocke fehlte.

Und als er dem Mesner klar machte, dass dies das Ergebnis händelsüchtiger abergläubischer Gemeindemitglieder sei, zu denen er, der Mesner, einen gehörigen Teil beigetragen habe und dass er ihm empfehle, keinem Menschen auch nur ein Sterbenswörtchen von ihrer Entdeckung zu erzählen, über den kaputten Boden einen alten Teppich aus dem Pfarrhauslager zu legen und das Seil zu reinigen, da er, der Pfarrer, vorhabe, seiner Gemeinde am Sonntagmorgen in einer Woche gehörig die Leviten zu lesen, und dass er derselben Gemeinde heute von der Kanzel herunter erklären würde, der mittlerweile über dreißig Jahre alte Schwengel müsse zurzeit aufgrund eindringenden Wassers vom Vortag und infolge der allgemeinen Renovierung dringend generalüberholt werden und er solle sofort die elektrische Läuteanlage ausschalten, da wurde der Mesner ziemlich kleinlaut.

Als der Mesner lange nach dem Gottesdienst in der Linde eintraf, war dort die Diskussion unter den Handwerkern und Arbeitern über das ausgefallene Geläut bereits fortgeschritten, wobei man vereinzelt die Ansicht vertrat, dass der Teufel seine Hand im Spiel habe, wenn am Sonntag die Betglocken nicht läuteten. Die erste Frage an den Mesner lautete, warum man das von der Kanzel herunter erfahre, eine Frage, auf die er natürlich keine Antwort hatte und auf den alten Pfarrer verwies. Auch die jüngeren der Bauern saßen dabei, unter denen das Wirtshaus nicht so verpönt war, wie unter den Alten. Auch Hannes saß an einem der Tische. Bis auf einen sauberen Verband an der rechten Hand konnte man ihm nichts von seiner nächtlichen Unternehmung ansehen, und als man ihn auf seine Verletzung ansprach, sagte er nur, es handle sich um einen unbedeutenden Ermüdungsunfall, er habe bis spät arbeiten müssen, ein Sonderauftrag für das Schloss, das mal wieder eine seiner zahllosen Renovierungen aufgenommen hatte, diesmal mit Unterstützung des Landesdenkmalamtes. Und als einer der Bauern bestätigte, er habe in der Werkstatt des Schmieds weit nach Mitternacht noch Licht gesehen, als er gerade vom Stall gekommen sei, weil eine Kuh in der Nacht gekalbt hatte, da waren die anderen zufrieden, bis auf den Mesner, dem das Bild des blutigen Seils vor Augen stand, das so gut zu der verbundenen Hand des Schmieds passte.

Weil der Mesner trotz der Warnung des Pfarrers, kein Sterbenswörtchen über den gestohlenen Schwengel verlauten zu lassen, seine Lust auf die Enthüllung dieses Kriminalfalls nicht zügeln konnte, stellte er Hannes nach, als sich dieser auf den Heimweg machte und überraschte ihn, als er gerade dabei war, seine Werkstatt aufzuschließen. Als es vor dem Tor zu einem lautstarken Schlagabtausch kam und der Mesner ihn bezichtigte, den Schwengel gestohlen zu haben, was er aufgrund eines abgerissenen Knopfes von Hannes' Jacke beweisen könne, zog Hannes ihn in die Werkstatt hinein und sie prügelten sich, wobei der feingliedrige Mesner mit dem lädierten Schmied gut mithalten konnte.

„Ich weiß genau, dass du die Todesdrohung über den Nagel in das Kirchenbuch reingeschmiert hast! Halt endlich dein Schandmaul", schrie Hannes, während der Mesner kreischte, er werde schon nachweisen, dass das Blut am Glockenseil von Hannes stamme, und dass der abgerissene Knopf eine Bluff gewesen sei, und dass er ihn verrate, wenn er nicht alles sofort zugebe, und dass das ja wohl mindestens sieben Jahre Zuchthaus gebe wegen Hausfriedensbruchs, Diebstahls und Körperverletzung; und außerdem habe er gar nichts in irgendein Kirchenbuch gekritzelt. Für die Bücher sei schließlich jetzt der erst kürzlich vom Gemeinderat eingesetzte Heimatpfleger zuständig.

Als Hannes schließlich einlenkte, nicht, weil er dem Mesner Recht geben, sondern weil er diesem dummen Kerl zeigen wollte, wer hier der Herr des Verfahrens sei, da packte er ihn am Genick und stieß ihn in Richtung des großen Federhammers, mit dem er seine Klöppel schmiedete und hinter dem der Schwengel der großen Glocke in einer Ecke stand, hieß ihn mit anpacken und sie hievten den Schwengel neben die kalte Esse, wonach Hannes dem Mesner eine Schulstunde in Sachen Materialkunde gab, indem er ein Gerät hervorholte, das dieser noch nie gesehen hatte. Es war ein in den 50er Jahren topmodernes Ultraschallgerät, mit dem sich Metalle zerstörungsfrei untersuchen ließen. Hannes tastete den großen Klöppel Millimeter für Millimeter ab, indem er dem Prüfkopf vorsichtig darüber gleiten ließ, immer wieder das durchsichtige Kontaktmittel auftragend. Und während er dem verdutzten Mesner erklärte, welches der Impuls des Rückwandechos sei und wo ein Fehlerecho auftauchen müsste, wenn es Einschlüsse oder eben Fremdkörper, wie etwa einen Nagel gäbe, starrte dieser wie gebannt auf die digitale Anzeige des Gerätes, auf dem stets zwei steile Kurven zu sehen waren, eine links und eine rechts des darauf abgebildeten Zahlenstrahls, um sich am Ende erklären zu lassen, dass dieser Schwengel inwändig makellos sei, schließlich habe ihn ja sein Vater geschmiedet, er enthalte weder Lunker noch Beschädigungen, und schon gar keinen Eisennagel, so viel sei sicher, wobei er sich das nicht erklären könne. Doch als der Mesner sich überlegte, dass er nun Zeuge der Tatsache geworden sei, dass Hannes mit seiner Vermutung Unrecht gehabt und er ihn deshalb zurecht ausgelacht hatte, fiel ihm ein, dass der Schmied womöglich den falschen Schwengel erwischt haben könnte. Und selbst, als Hannes ihm diese idiotische Idee durch stichhaltige Fakten, die schon allein das junge Alter der Glocke lieferte, auszureden versuchte, ließ er sich nicht davon abbringen, den Schwengel der kleineren Kreuzglocke auch noch in Augenschein nehmen zu wollen. Weil ihm das Unterfangen alleine aber zu gefährlich war, versprach er Hannes, ihn nicht zu verraten, wenn er mit ihm in der darauffolgenden Nacht noch einmal in den Turm stiege, worauf der Schmied sich nach einigem Zögern und diversen Flüchen einließ, weil ihm das immerhin die Möglichkeit zur Schadensbegrenzung gab. Den großen Schwengel würde er behalten und einschmelzen müssen, weil dieser durch den Sturz mutmaßlich härter und spröder geworden war und Gefahr lief, infolge der hohen Temperaturunterschiede zwischen Sommer und Winter im Turm irgendwann zu brechen. Das Geld dafür und für den neuen Boden des Glockenturms würde er in den Opferkasten für die Renovierung der Kirche werfen müssen – eine ungeplante Ausgabe zwar, die ihn jedoch der Gewissensbelastung entheben würde, sich an den Gütern seiner Kirche bereichert zu haben, wenn auch gewissermaßen unfreiwillig. Und als der Mesner von dem Schmied wissen wollte, warum dieser die Prüfung nicht schon längst durchgeführt habe, antwortete Hannes, er solle sich um seinen eigenen Mist kümmern.

A ls Hannes und der Mesner in der Nacht in den Turm stiegen, um den Klöppel der kleinen Kreuzglocke auszubauen, staunten sie nicht schlecht, als sie erkannten, dass in der Glocke ein simples Eisenrohr hing, obwohl der Mesner hundertprozentig wusste, dass noch am Morgen im Beisein des Pfarrers dort der Klöppel gehangen hatte. Nachdem sie das Teil dennoch ausgebaut und an Ort und Stelle untersucht hatten, mitten in der Nacht, in der Glockenstube der Christuskirche unter dem Lichtstrahl der Taschenlampe des Mesners, da staunten sie erneut, über die simple schwarze Plastikkappe nämlich, mit der das Rohr an seiner Unterseite verschlossen war, und ein drittes Mal über den Zettel, der nach dem Öffnen auf den Boden fiel, der erst gefaltet und dann zu einem sauberen Röhrchen zusammengerollt worden war, auf dem mit schön geschwungenen, deutlich lesbaren Buchstaben geschrieben stand: Der Herr, dein Gott, hat dir die zehn Gebote gegeben, darunter das siebente, das da lautet: Du sollst nicht stehlen. Und nachdem der Mesner dem Schmied den Zettel aus der Hand gerissen hatte, um ihn in Augenschein zu nehmen, sagte er: „Das hat der Pfarrer geschrieben, ich kenne seine Schrift."

In der Zwischenzeit war auf der Nordseite des Kirchenschiffs die Tür gegangen, und als die beiden den Glockenturm hinabgestiegen waren, wartete bereits der alte Weininger auf sie, der sich mit einer alten Öllampe in der vordersten Kirchenbank niedergelassen hatte und deren gelbliches Licht seinem Gesicht ein gespenstisches Aussehen verpasste, in dem sich deutlich sein Zorn widerspiegelte. Nachdem er den beiden Männern in aller Ruhe die Folgen des Alterns dargelegt hatte, die sich mitunter in Schlaflosigkeit äußerten, weshalb es hier säße, forderte er sie auf darzulegen, was genau sie sich dabei gedacht hätten, an zwei aufeinanderfolgenden Nächten in den Glockenturm seiner Kirche zu steigen und sich erst an dem einen und dann an dem anderen Schwengel zu vergreifen, den neu verlegten Boden des Glockenturms zu beschädigen und dann auch noch die Dreistigkeit zu besitzen, diese Untat an einem Wochenende zu begehen, an dem er, der Pfarrer, seine Predigt halten müsse, die er in letzter Zeit noch sorgfältiger vorbereite als sonst, um der Gerüchteplage endlich Herr zu werden, damit der liebe Gott vielleicht doch noch mit den armen Sündern ein Einsehen haben würde, mit denen er ihn, den Pfarrer, in seiner Gemeinde geschlagen hätte. Den Zettel übrigens habe er eingebracht, weil er mit dem auf dem Papier angebrachtem Detektorstaub noch nach sechs Tagen die Hand gewisser seiner Schäfchen untersuchen könnte, was sich ja nun erübrigt hätte, dank seiner altersbedingten Schlaflosigkeit. Dass die beiden Männer noch nie etwas von Detektorstaub gehört hatten, störte den Pfarrer wenig, und er hätte auch den Teufel getan, ihnen zu verraten, dass er diesen soeben erst erfunden und den nächtlichen Einsteiger Hannes längst anhand von dessen Riesenschuhen identifiziert hatte, deren Abdrücke er rund um die Absturzstelle herum nicht übersehen hatte können, ganz zu schweigen von Hannes kleiner Bauhelmlampe, die er kaputt und abgebrochen, in einer Ecke des Glockenturmes gefunden hatte. Dass der Mesner keine Ruhe geben würde, war ihm klar geworden, als er die beiden kurz vor Mittag aus der Linde hatte kommen sehen, erst den einen, dann den anderen, beide auf dem Weg Richtung Schmiede, und er hoffte inständig, dass sein Denkzettel sich in ihr Gedächtnis einbrannte.

Nachdem die beiden Männer schuldbewusst und jeder für sich ihre Sicht der Dinge dargelegt hatten, war es nun an Weininger, seinen Beitrag zur Geschichte offenzulegen, der sich darauf beschränkte, den echten Schwengel der großen Betglocke bereits vor einer Woche ausgetauscht zu haben, um das Original von einem unabhängigen Sachverständigen ultraschallprüfen zu lassen; unabhängig deshalb und undercover, um die Gemüter in den eigenen Reihen nicht noch mehr zu erhitzen. Das Ergebnis aber würde er erst am kommenden Sonntag von der Kanzel herab verkünden, weshalb sie sich solange noch gedulden müssten, was die gerechte Strafe für ihr Benehmen sei, die Rechnung für den von ihnen verursachten Schaden würde er ihnen jeweils zukommen lassen. Überdies hoffe er, dass er davon absehen könne, die Polizei über diese nächtliche Zusammenkunft in Kenntnis zu setzen, weil die beiden jungen Männer sich künftig vorbildlich verhalten, keinerlei Anschuldigungen mehr vorbringen oder gar Gerüchte in die Welt setzen, sich von jeder kriminellen Machenschaft, gleich welcher Art, fern halten und kein Sterbenswörtchen über die ganze Sache reden würden. Und wenn der Mesner diesmal wieder nicht stillschweigen könne, habe er mit ernsten Konsequenzen zu rechnen.

A ls am darauffolgenden Sonntagmorgen das Geläut der kleinen Kreuz- und der großen Betglocke wie gewöhnlich seine schönen, sauberen Klänge über der Stadt ausbreitete, fanden sich auch jene Gemeindemitglieder zum Gottesdienst ein, die sonst nicht durch regelmäßigen Kirchgang glänzten, weshalb die Christuskirche bis auf den letzten Platz besetzt war und mehr als fünfzig Personen nur noch Stehplätze ergattert hatten. Der ziemlich aufgeräumte, aber ernste Pfarrer sprach dann von seiner Kanzel herab seiner Gemeinde ins Gewissen, indem er über den siebenunddreißigsten Psalm predigte, in dem es heiße, „Bleibe fromm und halte dich recht; denn solchem wird's zuletzt wohl gehen", und dass sich die Gemeinde diese Worte zu Herzen nehmen solle, nachdem sich dieses fürchterliche Gerede rund um einen Eisennagel ausgebreitet hätte, das hinten und vorne nicht stimme und dass er diesem gottlosen Theater nun ein Ende setzen könne, weil, wenn, wie es im dem Psalm weiter heiße, der Herr seine Heiligen nicht verlasse, und er, der Pfarrer, die Heiligen mit den Gottgefälligen gleich setze, der Psalm sich in dieser Woche bewahrheitet hätte, denn er, der Pfarrer, habe nun unter der Mithilfe des gottesfürchtigen Schmieds und des treuen Mesners, denen er diesbezüglich einen Schweigeeid abgenommen habe, den Schwengel der großen Betglocke untersuchen lassen und dabei sei herausgekommen, dass tatsächlich ein Eisennagel darin eingearbeitet sei. Um jedwedes Gerücht sofort und für alle Zeiten zu ersticken, habe er den Schwengel von Hannes, dem Schmied, gegen einen neuen austauschen und den Nagel von einer auswärtigen Sachverständigenfirma in einem diffizilen Verfahren herauslösen lassen, den er heute, wobei er sich diesen mit den Zeigefingern und Daumen vor die Brust hielt, am Altar der Gemeinde auch aus der Nähe präsentieren würde, und den er dem Direktor des landeskirchlichen Archivs in der kommenden Woche für die museale Sammlung der Evangelischen Landeskirche überlassen und von wo aus er zusammen mit verschiedenen anderen bedeutenden Ausstellungen der Öffentlichkeit zugänglich gemacht werden würde. Im Zuge der ganzen Angelegenheit habe sich zudem herausgestellt, dass die Schwengelform sehr materialschonend sei und die Gemeinde also an der großen Betglocke und an der von Hannes' Vater vor über dreißig Jahren geschmiedeten Form für den neuen Klöppel keine Veränderungen vorgenommen hatten werden müssen, weshalb man also auch in Zukunft große Freude am Geläut haben würde, das an Klangqualität ja nun vorgeführtermaßen dem anderen in nichts nachstehe.

Auf dem Gesicht seiner Gemeinde lag eine Mischung aus Faszination und Schock. Hannes, der auf der Empore neben Joana saß und ihre Hand hielt, drückte diese, während ihr ein kleiner Jauchzer entfuhr, von dem er nicht erkennen konnte, ob er eine Schmerzäußerung war, Überraschung oder Freude, weshalb er ihre Hand unsicher losließ und bis zum Ende des Gottesdienstes unruhig auf der Bank hin- und herrutschte, während dem Mesner, der sich zu diesem Zeitpunkt im Glockenstuhl befand, um später das Geläut für das Vaterunser ingang zu setzen, in Anbetracht der dicken Lüge des Pfarrers über seine und des Schmieds Mittäterschaft die Gesichtszüge

entglitten. Die Mitglieder des Kirchengemeinde-
rats saßen stocksteif in ihren Bänken und konnten
es nicht fassen, dass der Pfarrer sie über sein
Vorhaben nicht informiert und darüber hinaus
auch noch gemeinsam mit dem Landesarchiv eine
Entscheidung über ihre Köpfe hinweg getroffen
hatte, deren Umsetzung direkt bevorstand.

Nachdem die Gemeinde im Beisein des
Pfarrers den Nagel nach dem Gottesdienst betrachtet, berührt und zum Teil
auch geküsst hatte, kam es anschließend im
Kirchgarten zu heftigen Diskussionen um den
Alleingang des Pfarrers, der daraufhin eine außer-
ordentliche öffentliche Kirchengemeinderatssit-
zung im Pfarrhaus einberief, in der er sich überra-
schend leicht davon überzeugen ließ, den Nagel
im Besitz der Christuskirche zu belassen und die
Übergabe an das Landesarchiv abzublasen, zumal
sich diese als erst in der Erwägung des Pfarrers
befindliche und noch gar nicht fest vereinbarte
herausstellte.

Als Gegenleistung verlangte er allerdings, dass der
Nagel nicht herausgegeben werden dürfe, egal an
wen, was also heiße, dass auch keine wissen-
schaftlichen Untersuchungen erfolgen würden,
keine Aushändigung an Theologen und Historiker, Materialkundler oder gar Journalisten erlaubt

werden dürfe, an letztere schon gar nicht, weshalb die Frage wäre, ob man das Heilige Stück nicht so unter Verschluss nehmen solle, dass keine Begehrlichkeiten mehr entstünden, jetzt, wo ja die Gemeinde Zeuge des Fundes geworden wäre und das Gerücht ein Ende gefunden hätte. Schließlich einigte man sich darauf, den echten Nagel im Bankschließfach des Dekanatamtes zu verwahren, ein Duplikat hinter Panzerglas neben den Steinen aus dem Reliquienbehälter einzubringen und der Presse nebst einem Foto das Ganze offiziell mitzuteilen, womit allen gedient sei. Als Hersteller des Duplikates wurde selbstredend der Schmied auserkoren, der sich in dieser Sache ja ohnehin als rechte Hand des Pfarrers erwiesen hatte und der unter seiner, jener von zwei Männern aus dem Kirchengemeinderat und des Mesners Aufsicht gleich am nächsten Tag zur Tat schreiten sollte.

Nachdem Hannes wie vereinbart unter der Aufsicht der vier Personen das Nagelduplikat geschmiedet hatte und das Original in das Bankschließfach des Dekanats gelegt worden war, sprach er mit seiner Mutter beim Abendessen über den Nagel, über den Vater, über die Geschehnisse der vergangenen Wochen, über die Familientradition und über die blaublütige Herkunft Joanas, die bereits zweimal sonntags zum Essen hier gewesen war und mit der sich die Mutter ganz gut verstand, obwohl sie ihm in Kürze wohl den Sohn wegnehmen würde, den sie ohnehin, wenn überhaupt, nur noch zum Essen zu Gesicht bekam. Nachdem Hannes sie in dieser Hinsicht beruhigen konnte – er würde ganz sicher hier im Haus seine Schmiede behalten – erzählte sie von seinem Vater und von dem Nagel, den er einmal erwähnt habe, der im Klöppel der großen Betglocke eingebracht sei und auf dem der Fluch laste, dass mit einem unnatürlichen Tod bestraft würde, wer sich an ihm vergreife, und dass er heilen könne. Als Hannes es nicht fassen konnte, erst jetzt von ihr darüber in Kenntnis gesetzt zu werden, erklärte sie ihm, dass sie mit seinem Vater in einer sternklaren Nacht in Hannes' Kindheit kurz nach dem Ausbruch der Kinderlähmung in den Glockenturm gestiegen sei und mit den Händen auf dem Schwengel um die Heilung für ihr Kind gebetet hätten und dass sein Vater sie gebeten hätte, nichts davon zu erzählen, weil eben dieser Fluch auf dem Schwengel laste und niemand die Folgen hätte abschätzen können, wenn dieses Wissen in der Gemeinde in Umlauf gekommen wäre. Jedenfalls sei nur dadurch zu erklären, dass Hannes so unglaublich schnell genesen sei und kaum Spätschäden davongetragen habe von seiner Krankheit. Als sich dann alles aber so entwickelt habe in den vergangenen Wochen, da habe sie geahnt, dass Hannes in den Turm steigen würde, und sie habe den Eintrag in dem Kirchenbuch gemacht, um ihn davon abzuhalten, und diesen bald darauf wieder herausradiert, mit einem rauen Kugelschreiberradierer, weil man doch keine Kirchenbücher fälschen dürfe.

Am späten Abend ging Hannes noch einmal in seine Werkstatt zurück, mit dem Gefühl, immer noch nicht die ganze Wahrheit zu kennen. Der Eisennagel, den ihm der Pfarrer als das Original ausgehändigt hatte, war fast zwanzig Zentimeter lang und sein breiter zylindrischer Kopf hatte an der dicksten Stelle mehr als fünf Zentimeter Durchmesser, durchaus nichts Ungewöhnliches. Doch die Oberfläche war mit vielen kleinen Rostflecken übersät gewesen, hatte sich aber trotzdem erstaunlich glatt angefühlt, weshalb er befürchtete, dass derjenige, der ihn herausgelöst, womöglich poliert hatte, wobei er niemandem seines Faches so viel Unverstand zutrauen würde. Aber selbst wenn jemand so viel Unverstand besessen hätte, dann hätte ein fast zweitausend Jahre alter Nagel doch narbiger sein müssen, was man freilich mit dem Auge nicht wahrnehmen konnte, mit den sensiblen Fingerkuppen allerdings durchaus. Jedenfalls kam Hannes die Sache merkwürdig vor, weshalb er, einer inneren Eingebung folgend, noch einmal die Zeichnungen seines Vaters aus dem Tresor nahm, um sie erneut eingehend zu studieren, in der Hoffnung, dass ihm in Sachen Schwengel und Nagel ein Licht aufgehen würde. Immerhin war es doch merkwürdig, dass ausgerechnet sein Vater als Klöppelschmied aus jener Linie der Glockengießer nichts von dem Nagel gewusst hatte. Viel wahrscheinlicher war es doch, dass er seinem Sohn schlicht auf dem Sterbebett das Geheimnis nicht hatte weitergeben können, weil er eben nicht zu Hause, sondern in irgendeiner sinnlosen Schlacht des Deutschen Volkssturms gestorben war, in den das ausgeblutete NS-Militär ältere und schlecht ausgebildete Männer gesteckt hatte, um einen Krieg doch noch zu gewinnen, der zu diesem Zeitpunkt längst verloren war.

Als Hannes die Aufzeichnungen seines Vaters aus dem Tresor herausholte, tastete er den gesamten Innenraum ab, drückte mit den Fingerkuppen gegen den Boden und Wände, und da bemerkte er, dass sich die Rückwand leicht eindrücken ließ, was ihm noch nie aufgefallen war. Als er mit dem Fingernagel an der Ecke des Tresors entlangfuhr, blieb er an einer dünnen Kante hängen, die sich als der Rand einer dünne Platte erwies, die offenbar auf die Rückwand des Tresors aufgeklebt war, die Hannes mit einem dünnen langen Häkchen schließlich ablösen konnte, und hinter der Hannes ein offenbar uraltes einzelnes gelbliches Blatt mit brüchiger Kante und ein einzelnes weißliches Blatt fand, auf denen jeweils ein Klöppel einge- zeichnet war, nebst Berechnungen zu Größe und Legierung, dazuhin Aufzeichnungen zu einem Verfahren zur Weichschmelzung der Oberfläche des Vorschwungs sowie einer bemaßten gestri- chelten Linie zwischen zwei seiner Längskanten, die deutlich die Umrisse eines Nagels zeigte, wo- bei über dieser Stelle auf der Zeichnung auf dem offensichtlich jüngeren Blatt die Initialen seines Vaters als Markierung mit einem feinen Präge- werkzeug eingebracht worden waren.

Als Hannes noch am selben Tag im Turm neben der großen Glocke stand und den Schwengel untersuchte, fand er die kaum sichtbaren Initialen, die sein Vater vor über drei- ßig Jahren dort eingebracht hatte, als er noch gar nicht wusste, dass es Hannes jemals geben würde. Als Hannes vorsichtig mit seiner Hand über die Stelle des Vorschwungs tastete, wo der Nagel ruh- te, erfasste ihn das überwältigende Gefühl, die Tradition seines Vaters als Schmied des Klöppels der großen Betglocke der Christuskirche zu ehren und zu wahren und nun auch Geheimnisträger zu sein, wie es üblich war in dieser Familie, die aus der uralten Glockengießerlinie stammte, die vor fast fünfhundert Jahre in einem damals üblichen Riesenspektakel die große Betglocke gegossen hatte, für die sein Vater einen ebenso kunst- wie wirkungsvollen Klöppel geschmiedet hatte, der seinen wertvollen Schatz für die nächsten Generationen barg.

Als wenige Wochen später endlich die von dem alten Pfarrer Weininger so ersehnte Ruhe wieder in seiner Gemeinde eingekehrt war und die Renovierung der Kirche mit eine Festakt abgeschlossen, der duplizierte Nagel reichlich Zulauf erfahren hatte und das Kirchensäckel alle Kosten decken konnte, da ließ der Pfarrer an einem Montagabend nach dem Schmied rufen, der ihn im Pfarrhaus im Wohnzimmer antraf, in seinem bequemen Sessel sitzend, mit sich und der Welt im Reinen. Er erzählte Hannes, was dieser ohnehin schon wusste, dass er den Schwengel lediglich ultraschallprüfen habe lassen, aber selbstredend nicht ausgetauscht, sondern ganz genau so wie er ihn vorgefunden habe, wieder einhängen hatte lassen und einem Schmied das Bild eines Nagels gegeben habe, nach dem dieser ihm dann einen Nagel anfertigen hatte lassen, den er der Gemeinde an jenem Sonntag präsentiert habe und der nun im Bankschließfach des Dekanatamtes liege, denn es könne nicht angehen, einen so alten Nagel, egal, ob nun wirklich vom Kreuz Christi oder nicht, für viel Geld aus einem Klöppel herausholen zu lassen; zudem sei es der Glaube, der Berge versetze und nicht ein alter Eisennagel, den er selbstredend trotzdem schützen musste, weil es ja egal sei, ob ein Wunder nun aus festem Glauben mit oder aus festem Glauben ohne Metallstift verursacht würde. Überdies habe er, der Pfarrer, vor einiger Zeit im Turm den Schwengel berührt und gespürt, dass der Zeitpunkt seines Todes nahe sei, was ihn jedoch nicht geängstigt, sondern beruhigt habe, denn er habe eine Stimme sagen hören: Der Herr verlässt die Seinen nicht. Und er wunderte sich kein bisschen über Hannes' Bericht von den Aufzeichnungen des Vaters über die genaue Stelle, an der sich der Nagel befand und das Verfahren, wie man den Nagel unbeschadet aus- und einbringen konnte.

A ls Hannes am nächsten Tag erfuhr, dass der alte Weininger in der Nacht mit einem Lächeln auf dem Gesicht friedlich eingeschlafen sei, kam er gerade von Joana, die ihm von einem Arzt mit Naturheilpraktikerausbildung berichtete, der sich in einem Nachbarort niedergelassen habe, der Akkupunktur mache, sich mit

Muskeln und Nerven auskenne, und vielleicht auch mit leicht verdrehten Gliedern nach einer im Kindesalter erlittenen Poliomyelitis. Hannes, der mittlerweile um ihre Hand angehalten hatte und sich nicht mehr darüber wunderte, dass sie ihn immer wieder mit den ausgefallensten Ideen überraschte, erkundigte sich nach dessen Adresse und ließ sich behandeln, wonach etwas geschah, was niemand für möglich gehalten hätte und bis dahin auch noch nie beobachtet worden war: Ein halbes Jahr später konnte er seinen Fuß mühelos gerade ausrichten, weitere drei Monate später problemlos gehen und ein Jahr später, sie hatten gerade Hochzeit gefeiert, war sein Gang so elastisch, wie der anderer junger Männer, vor allem, wenn sie gerade frisch vermählt sind. Hannes jedenfalls sagte, es läge an dem Nagel, der ja glücklicherweise dank ihres umsichtigen Pfarrers und des ebenso umsichtigen Kirchengemeinderates nun offiziell im Schatz der Christuskirche ruhe, wo er weiterhin Wunder tun und Pilger aus ganz Europa anlocken könne, weshalb, das sagte jedenfalls die Presse, die sich auf Wunderheilungen nicht so recht einlassen wollte, er zur Völkerverständigung beitrage und deshalb auch so etwas wie ein Nagel des Friedens sei. Der Mesner hütete sich, ihn angesichts des an ihm offenbarten Wunders auszulachen, geschweige denn ihm überhaupt noch irgendwie schändlich zu tun, auch, wenn er es ihm nie vergessen würde, die schöne Joana geehelicht zu haben, die der Mesner mittlerweile dank Gottes Einsehen durch eine patente Gütlestochter ersetzen konnte, die ihn so hegte und pflegte, dass er rosige Wangen und ein bisschen Speck auf die Rippen und ein wenig Humor bekam, was sich am Blumenschmuck in der Kirche bemerkbar machte, der nun bunter und viel schöner zusammengestellt war, wie alle fanden. Ein Unfall hat sich seit dem Ende der 50er Jahren in der Christuskirche übrigens nicht mehr ereignet, obwohl der Mesner auf Geheiß des Pfarrers regelmäßig bezahlte Führungen hoch in die Glockenstube macht, damit die Besucher die wunderschöne alte Betglocke auch aus der Nähe bewundern können und vor allem das eingegossene „Osan hich ich dideon veg ich ungeveter verdir ich anno domini MCCCC LVIIII", mit der der württembergische Glockengießer, dessen Sohn Michael später den Nagel in den Schwengel eingearbeitet hatte, seine Glocke der mittelalterlichen Marienkirche zum Bollwerk gegen das Unwetter gemacht hatte, die damals noch schlicht eine Wetterglocke war.

Hannes, der unter der Akkupunktur viele meditative Stunden erlebte, musste er doch während der Anwendungen reglos liegen bleiben, hatte in jenen Nächten Träume, die ihn dieses ganze Jahr lang begleiteten, das er seiner Gesundheit, seiner Ehe und seiner Zukunft widmete, und er träumte von dem Geschwisterpaar Jamaal und Angela, die mit Holzsplittern und einem eisernen Nagel spielten, die sie in einer Silbertruhe gefunden hatten und von der Liebe zwischen einem Ritter und einer klugen islamischen Prinzessin namens Jasmina, die von diesem einen Eisennagel vom Kreuz Christi zum Schutz geschenkt bekommen hatte, den sie einem englischen Bischof als Mahnung für den Frieden zwischen den Christen und dem Islam aushändigte, der auf verschlungenen Wegen durch ganz Europa in einer kleinen württembergischen Kirche landete, im Schwengel einer mittelalterlichen Betglocke, die ihn für immer behüten sollte; und während der Träume verschmolzen die realen Gesichter mit den Traumgesichtern und Hannes sah in Angela Joana und in Jasmina Joana und manchmal sah er auch die Frau eines Glockengießers mit Namen Jakoba, die aus dem Kindbettfieber geheilt wurde, weil ihr Mann einen Schwur getan und sein Leben für sie eingesetzt hatte und einen prächtig gekleideten Bischof und dann plötzlich Weininger und die Worte, der Herr verlässt die Seinen nicht. Und immer wieder sah er sich selbst, als Kind Jamaal, als englischer Ritter, als Gießer, als Schmied, und einmal lag sein Vater da, auf dem Sterbebett, seine Hand haltend und ihm sein Erbe übermittelnd, ohne Worte, nur mit dem Herzen, und manchmal wusste er nicht mehr, was Wirklichkeit war und was Traum, woraufhin Joana ihn morgens in den Arm nahm und mit ihren grünen Augen ansah, die ihn an seinen Kater Mohrle erinnerten, als er noch Kind war und dort, wo sein Vater noch gelebt hatte, von dem er sich jetzt endlich hatte verabschieden können.

Hannes und Joana sind erst vor wenigen Jahren gestorben. Das Geläut zu Hannes Beerdigung hörte minutenlang nicht mehr auf, bevor dann Regen einsetzte, weshalb man einen elektrischen Defekt aufgrund der hohen Luftfeuchtigkeit vermutete. Die Läuteanlage aber fand man vollkommen intakt. Die Schmiede gibt es schon lange nicht mehr; Joachim, ihr ältester Sohn, gründete mit einem Werkstoffingenieur in der fränkischen Schweiz ein Hammerwerk, das die alten Zeichnungen und Berechnungen von Hannes' Vater heute noch in Ehren hält. Kurz vor seinem Tod hatte sich Hannes noch mit einem Glockensachverständigen getroffen, der kurz darauf der evangelischen Landeskirche mitteilte, dass die große Betglocke der Christuskirche aus historischen und materialtechnischen Gründen unter besonderen Schutz zu stellen sei, dass der alte und senile Schmied behaupte, von dem Nagel geheilt worden zu sein und dass die Glocke wirklich einen außergewöhnlich schönen Klang habe.

Und so erzählt man sich noch heute in jener Stadt in Württemberg von einem wundertätigen Nagel, der im Schwengel der großen Betglocke eingearbeitet sei, die unter Denkmalschutz stehe, nur noch ein einziges Mal in der Woche läute und so erhalten bleiben müsse, wie sie ist – nicht einmal der Schwengel dürfe ersetzt werden.

ENDE